———— 阅读之前 没有真相

午夜文库

劳伦斯·布洛克
雅贼系列

劳伦斯·布洛克 Lawrence Block（1938— ）

享誉世界的美国侦探小说大师，当代硬汉派侦探小说最杰出的代表。他的小说不仅在美国备受推崇，还跨越大西洋，征服了自诩为侦探小说故乡的欧洲。

侦探小说界最重要的两个奖项，爱伦·坡奖的终身成就奖和钻石匕首奖均肯定了劳伦斯·布洛克的大师地位。此外，他还曾三获爱伦·坡奖，两获马耳他之鹰奖，四获夏姆斯奖（后两个奖项都是重要的硬汉派侦探小说奖项）。

劳伦斯·布洛克的作品，主要包括四个系列：

马修·斯卡德系列：以一名戒酒无执照的私人侦探为主角；

雅贼系列：以一名中年小偷兼二手书店老板伯尼·罗登巴尔为主角；

伊凡·谭纳系列：以一名朝鲜战争期间遭炮击从此睡不着觉的侦探为主角；

奇波·哈里森系列：以一名肥胖、不离开办公室、自我陶醉的私人侦探为主角。

此外，布洛克还著有杀手约翰·保罗·凯勒系列。

劳伦斯·布洛克生于纽约布法罗，现居纽约，已婚，育有二女。

劳伦斯·布洛克作品年表

1966 《睡不着觉的密探》
1976 《父之罪》《在死亡之中》
1977 《谋杀与创造之时》《别无选择的贼》
1978 《衣柜里的贼》
1979 《喜欢引用吉卜林的贼》获尼禄·沃尔夫奖
1980 《研究斯宾诺莎的贼》
1981 《黑暗之刺》
1982 《八百万种死法》
1983 《像蒙德里安一样作画的贼》
    《八百万种死法》获夏姆斯奖
1986 《酒店关门之后》
1987 《酒店关门之后》获马耳他之鹰奖
1989 《刀锋之先》
1990 《到坟场的车票》
    《刀锋之先》获夏姆斯奖
1991 《屠宰场之舞》
1992 《行过死荫之地》
    《到坟场的车票》获马耳他之鹰奖
    《屠宰场之舞》获夏姆斯奖、爱伦·坡奖
1993 《恶魔预知死亡》
1994 《一长串的死者》
    《交易泰德·威廉姆斯的贼》
1995 《自以为是鲍嘉的贼》
    《一长串的死者》获爱伦·坡奖
1997 《向邪恶追索》《图书馆里的贼》
1998 《每个人都死了》《杀手》
1999 《麦田里的贼》《黑名单》
2001 《死亡的渴望》
2003 《小城》
2004 《伺机下手的贼》
2005 《繁花将尽》
2011 《一滴烈酒》
2013 《数汤匙的贼》

雅贼全集精装典藏版③
喜欢引用吉卜林的贼
The Burglar Who Liked to Quote Kipling

(美) 劳伦斯·布洛克 著
徐秋华 译

新星出版社 NEW STAR PRESS

献给谢丽尔·莫里森

如果挨家挨户地搜寻，你们一定要结伴而行——
这会使收获减半，但是更安全——
一个男人被困在弯弯曲曲的楼梯上，
一个女人走过来，从后面抓住他。
毫无疑问，你应该把他们彻底搜个遍。
似乎什么也没有。
(号角：嘟！嘟！)
挂起钩子之前，你应该到房顶上看一眼，
他们把赃物藏在瓦片下面。
(合诵) 哦，赃物！
真的是赃物！
这就是令男孩们奋起开枪的原因！
对人对狗都一样。
如果你让他们再来，
就把他们推走！哦！哦！
赃物！
哦！撕碎他，小狗！哦！哦！
赃物！赃物！赃物！

——鲁德亚德·吉卜林①，《赃物》

① 约瑟夫·鲁德亚德·吉卜林(Joseph Rudyard Kipling, 1865—1936),英国小说家、诗人,一九〇七年获诺贝尔文学奖。

1

  我猜他应该是二十出头。很难看出他的真实年龄，因为他脸上实在缺乏能让人深究的线索。红棕色的胡须似乎是从眼睛下面开始长的，一副牛角边的酒瓶底眼镜则遮住了那对眼睛。他穿着一件卡其布军用衬衫，没扣扣子，里面的T恤上印着今年最流行的啤酒品牌，那是在南达科他州用有机水酿制而成的。裤子是棕色灯芯绒的，脚上穿着镶了一条金边的蓝色跑鞋。双手的指甲没有经过仔细修剪，一手提着一个布兰尼夫航空公司的袋子，一手拿着一本"人人文库"版的《威廉·柯珀诗集》。

  他把书放在收银机旁边，手伸进袋子里，找到两个二十五美分的硬币，然后把它们和书一起放在柜台上。

  "啊，可怜的柯珀。"我说着拿起这本书。它的装订已经松脱了，这也是我为什么会把它放在特卖区的原因。"我最喜欢的一首是《退休的猫》，我确定是在这一本里。"在我翻看目录的时候，他用两只脚轮流支撑着体重，"在这里,第一百五十页。你知道这首诗吗?"

"我不知道。"

"你会喜欢它的。折扣书一本四十美分,或者是三本一美元,那样更划算。你只要这一本吗?"

"是的。"他把那两个硬币向我这边推了一英寸左右,"就这本。"

"好的。"我说。我看着他的脸,能看到的只有他的眉毛,不过从这对眉毛来看,它们的主人似乎并没有受到什么困扰,我必须采取进一步的行动。"四十美分买柯珀,三十美分买奥尔巴尼州长,可别忘了他,那样一共是多少?"我笑着俯身越过柜台,一口珍珠白的牙对他闪闪发亮。"算算应该是三十二块七毛吧?"我说。

"嗯?"

"那本拜伦的书,纯羊皮,有大理石纹衬页的那一本,我想它的标价是十五美元吧。还有华莱士·史蒂文斯的初版,特价十二美元。你拿的那本小说只要三美元左右,我猜你只是想读这本书,因为它根本卖不到什么钱。"

"我不知道你在说什么。"

我从柜台里面走出来,站在他和门之间。虽然他看起来不像要往外冲,但他穿着跑鞋呢,你怎么知道他不会忽然来这一手。做贼的多半有他们的奇招。

"在航空袋里面。"我说,"我想你愿意为你拿的书付钱吧。"

"这个？"他低头看着航空袋，仿佛现在才惊讶地发现它正挂在自己的手指上，"这里装的只是我的运动用品。你知道的，运动袜、毛巾什么的。"

"请你打开它。"

他的前额已经渗出汗来，但还是企图以强硬的方式摆脱困境。"你不能让我这么做，"他说，"你没有权利。"

"我可以叫警察来。他也不能让你打开，但是他可以带你回警察局，把你登记在案，然后他就可以打开袋子了，你希望那样吗？打开袋子。"

他把袋子打开。里面有运动袜、毛巾、柠檬黄的运动短裤，还有我刚刚提到的那三本书，以及一本斯坦贝克的精美初版书《啼笑姻缘路》，外面还包着一张半透明的书皮。标价是十七点五美元，看起来是有点贵。

"那本不是在这里拿的。"他说。

"你有这本书的收据吗？"

"没有，不过……"

我草草地在纸上算了一下，然后又对他微笑。"全部就算五十美元吧，"我说，"这件事就到此为止了。"

"斯坦贝克的那本你也算进去了？"

"嗯。"

"但那是我从别处带来的。"

"五十美元。"我说。

"听好，我不想买这些书。"他的眼睛上翻，看着天花板,"哦,天哪,我为什么要进来这里?听着,我不想惹麻烦。"

"我也不想。"

"我一点也不想买东西。听着,你就把书留下来,把斯坦贝克也留下来吧,真他妈的。只要让我离开这里就行了,好吗?"

"我认为你应该买这些书。"

"我没有钱。我只有五十美分。听着,把这五十美分也留着,好吗?把短裤、毛巾、运动袜都留着,好吗?只要让我离开这鬼地方,好吗?"

"你没有钱?"

"没有,一无所有。只有这五十美分。瞧——"

"给我看你的钱包。"

"你要干——我没有钱包。"

"就在裤兜里,拿出来给我。"

"我真不相信会发生这种事。"

我打了个响指:"钱包。"

那是一个相当好的有黑色按扣的折叠式钱包,里面有一个令人脸红的安全套,让我想起自己逝去的青春岁月。放钱的那一层里有将近一百美元。我数着那些五美元十美元的钞票,拿走了五十美元,剩下的则放回去,然后把钱包还给了它的主人。

"那是我的钱。"他说。

"你刚用你的钱买了书，"我告诉他，"要收据吗？"

"我连书都不想要，妈的。"厚眼镜片后面的眼睛开始泪汪汪的，"我要那些书到底有什么用？"

"我是想读它们的。你是打算把它们怎么办？"

他盯着自己的跑鞋："我本来想把它们卖掉。"

"卖给谁？"

"我不知道，某个商店吧。"

"你要卖多少钱？"

"我不知道，十五或二十美元。"

"最终你会以十美元成交。"

"我想也是。"

"很好，"我说着从手里他的钱中抽出一张十美元纸币塞进他的掌心，"卖给我吧。"

"呃？"

"省得你一家一家地跑。好书对我来说挺有用的，而它们正是我会卖的那种书，所以，何不就以十美元卖给我呢？"

"这真是疯了。"他说。

"你要书还是要钱？全看你了。"

"我不要书。"

"你要钱吗？"

"我想是的。"

我把书拿过来堆在柜台上。"把钱放进钱包，"我说，

"在你把它弄丢之前。"

"这真是我遇到过的最疯狂的事了。你为了一堆我不要的书收了我五十美元,现在你又还给我十美元。我损失了四十美元呢,上帝啊。"

"谁叫你买高卖低。绝大部分人是与你反向操作的。"

"我应该叫警察,我才是那个被抢劫的人呢。"

我把他的运动用品塞进布兰尼夫袋子里,拉上拉链,交给他。然后我伸出食指点着他毛茸茸的下巴。

"给你一个建议。"

"呃?"

"别做这一行。"

他看着我。

"找别的工作吧,别再顺手牵羊了。你的技巧又不熟练,而且我觉得这种生活与你的本性并不相符。你在念大学吗?"

"我休学了。"

"为什么?"

"没什么大不了的。"

"没有什么事情是大不了的,但你为什么不试试再回去念?拿个学位,找个适合你的职业。你不适合当职业小偷。"

"职业的——"他的眼睛又往上翻,"天哪,我拿了几本书,并不代表我就以此为生啊。"

"任何偷了东西去卖的人就是职业罪犯,"我告诉他,"你只是没有以很专业的态度去执行,就是这样。但我是认真的,别干这一行。"我用一只手轻轻握住他的手腕。"不要把我的话想歪了,"我说,"真正的问题是,作为一个贼,你太笨了。"

2

他离开之后,我把那四十美元塞到我的钱包里,现在它已经是我的四十美元了。我把斯坦贝克的价格标成十五美元,然后把它和其他书一起放在书架上,同时又把几本摆错的书放回它们应该在的地方。

顾客来来去去。我卖掉了几本折扣书,还卖掉了一部文化遗产俱乐部出版的维吉尔的盒装版《牧歌集》(盒子因泡水而有点损坏,书脊还有些磨损,标价是八点五美元)。买维吉尔的那个女人自己就有些陈腐过时的气息,她身材粗壮,留着一头橘色鬈发。我以前见过她,但这是她第一次买了东西,事情有进展。

我看着她将维吉尔带回家,然后悠闲地坐到柜台后面,拿起一本格罗赛特和唐来普出版社[①]再版的《三个士

[①] 格罗赛特和唐来普出版社(Grosset & Dunlap),一家美国图书出版社,成立于一八九八年。

兵》①。我最近正在读我仅有的几本吉卜林的小说，有的我几年前读过，不过《三个士兵》倒是头一回看。正当我沉醉在奥瑟瑞斯、利罗伊德和马尔瓦尼的角色中时，门上悬着的小铃铛叮咚作响，有客人来了。

我抬头看见一个穿着蓝色制服的男人拖着沉重的脚步向我走来。他有着一张宽阔、诚实的面孔，不过在我从事的新行业里，你很快就会知道不要从一本书的封面去判断书的内容，同样，人也不可貌相。我的访客叫雷·基希曼，是金钱能买到的最棒的警察，有钱的话可以买下他一个星期七天。

"嘿，伯尼，"他说着把一个胳膊肘撑在柜台上，"最近读了什么好书吗？"

"嘿，雷。"

"想读吗？"我把书拿给他看。

"垃圾，"他说，"你有一书店的书，应该读点高尚的。"

"什么是高尚的？"

"哦，约瑟夫·温鲍②，艾德·麦克班恩③，那些正正经经的小说。"

"我会记住的。"

---

① 《三个士兵》(Soldiers Three)，吉卜林的短篇小说集。
② 约瑟夫·温鲍 (Joseph Wambaugh, 1937—)，美国警察程序小说和非小说类作品作家。
③ 艾德·麦克班恩 (Ed McBain, 1926—2005)，美国警察程序小说作家。

"生意怎么样?"

"还不错,雷。"

"你只要坐在这儿,买书,卖书,就能生活了,对吗?"

"这就是在美国生活的方式。"

"是啊,对你来说是相当大的改变,不是吗?"

"嗯,我喜欢有工作的日子,雷。"

"我是说,职业生涯大转变啊,从小偷变成书店老板。你知道那听起来像什么?一本书的名字。你应该写一本书,就叫《从小偷变成书店老板》。介意我问个问题吗,伯尼?"

我介意又能怎样?"不。"我说。

"对书你都知道些什么?"

"我一直读很多的书。"

"你是说在牢里。"

"在外面也一样,从小到大一直这样。你知道艾米莉·迪金森[①]是怎么说的吗?'没有一艘战舰能比得过一本书'。"

"说得不错。你不会就这样到处买书,然后就开了一家书店吧?"

"店早就存在了。多年来我一直是这里的顾客,而我知道店主想把店卖了去佛罗里达。"

---

① 艾米莉·迪金森(Emily Dickinson,1830—1886),美国诗人。

"这么说他现在正泡在阳光里。"

"事实上,我听说他在圣彼得堡开了另一家店。就是闲不下来。"

"哦,这样对他有好处。你是怎么白手起家买下这地方的,伯尼?"

"我弄到了一些钱。"

"是啊,某个亲戚死了,诸如此类的。"

"差不多是这样。"

"没错。我记得冬天时你有一个月不见踪影。是一月份,对不对?"

"还有二月的一段时间。"

"你是到佛罗里达去做你的拿手勾当了,而且收获颇丰,成功地搞到了不少珠宝。我想你是在那时决定将自己的人生改头换面,罗登巴尔太太的儿子伯尼要改邪归正了。"

"这就是你的推测,雷?"

"是啊。"

我思考了一分钟,然后说:"不是在佛罗里达。"

"拿骚,还是圣托马斯?管它呢。"

"事实上,是在加州,橘郡。"

"没什么区别。"

"而且不是珠宝,是钱币收藏。"

"你总是到处搜集钱币。"

"嗯，它们是不错的投资。"

"有你在外面乱晃可就不是了，你看起来倒像是个专偷钱币的强盗，嗯？"

"应该说我有先见之明。"

"而且买了这个地方。"

"是的。利泽尔先生要价不高，他的存货价格公道，而且还附赠装潢家具以及他的祝福。"

"巴尼嘉书店，这名字是怎么来的？"

"我保留了原来的名字。我不想忽然冒出个新招牌来。利泽尔先生在泽西海滩的巴尼嘉灯塔那儿有一幢别墅。这招牌上还有个灯塔呢。"

"我没注意。你可以称它为小偷书店。'这些书都是偷来的'——可以做你的宣传语。不错吧？"

"早晚我会这么做的。"

"嘿，你要发火了吗？我没什么特别的意思。这是个相当好的掩护，伯尼。真的。"

"这不是个掩护。这是我的职业。"

"嗯哼？"

"这是我的谋生之道，雷，是我唯一的谋生之道。我在卖书。"

"当然。"

"我是很认真的。"

"认真，是的。"

"我真的是。"

"是啊,是啊。听着,我来这里的原因是,有一天我正好想起你。我老婆最近有点让我受不了,你结婚了吗?"

"没有。"

"你这样忙着安定下来,或许下一步就是要结婚了。没什么东西比婚姻更能让男人安定下来了。她想要的东西是……现在才不过十月,她就预期今年的冬天会很漫长。你没见过我老婆吧,对吗?"

"我在电话里跟她说过一次话。"

"'叶子红得真早,雷。那表示今年冬天会很冷。'她这么对我说。就算叶子的颜色变得晚,那也表示今年的冬天会很冷。"

"她喜欢冷天?"

"她喜欢天气冷而她暖和。她想要一件皮草。"

"哦。"

"她身高五英尺六英寸,穿十六号衣服。有时减肥后可以穿十二号,有时吃了太多的意大利面胖得要穿十八号。皮草,我想它们不需要像手套那么合身吧,是不是?"

"我对皮草没什么研究。"

"她想要的是貂皮。不是什么野生皮毛或濒临绝种的动物,因为她对这个话题也挺热衷的。貂,可是被饲养在牧场里的,所以没有残酷的捕兽夹,也没有什么濒临绝种的问题。他们只是用瓦斯杀死它们,剥下它们的皮。"

"对貂来说可真好啊,一定就像看牙医一样。"

"至于颜色,我想她一定不会要太鲜亮的。随便哪个时髦的颜色就行。白金色或香槟色,但不要老式的深棕色。"

我点点头,设法在脑子里拼凑出基希曼太太身上挂着皮草的样子。我不知道她长什么样,所以脑海里出现了类似臃肿的伊迪丝·邦可[①]那样的形象。

"哦,"我突然说道,"你告诉我这些一定是有原因的。"

"嗯,我是想,伯尼……"

"我洗手不干了,雷。"

"我的想法是,也许你在干某件事的时候会碰到一件皮草,懂我的意思吗?我在想你和我,像以前那样,我们以前做过很多次了,我们两个,还有——"

"我再也不是贼了,雷。"

"我不会让你白干的,伯尼。可以谈谈条件。"

"我再也不偷了,雷。"

"别开玩笑了,伯尼。"

"我不像以前那样年轻了。没有人会永远年轻,我直到最近才真正感受到这一点。年轻的时候天不怕地不怕,然而当你越来越老,什么都会让你害怕。我不想再进去

[①]伊迪丝·邦可(Edith Bunker),美国情景喜剧 All the Family 中的人物。

了，雷。我不喜欢监狱。"

"现在的监狱都像乡村俱乐部。"

"那么最近几年他们把里面改头换面了，我发誓我不喜欢那里。你在里面碰到的人或许阶层比较高吧。"

"像你这样的人，可以在监狱图书馆里找到一份好差事。"

"可到了晚上他们还是会把你关进去。"

"这么说你改邪归正了，是吗？"

"是的。"

"我在这儿多久了？这段时间里没有一个客人进来。"

"也许是你的制服让他们不敢进来。"

"也许生意不如你想象得好吧。你做这行多久了？六个月？"

"将近七个月。"

"我打赌你赚的还不够付租金。"

"生意还可以。"我把《三个士兵》我看到的那一页做上记号，然后把书合起来，放到柜台后面的书架上，"我在今天下午的一个客人身上赚到了四十美元，我发誓那比偷东西好赚多了。"

"别忘了以前，当一切都还是老样子的时候，你可是一个半小时就可以赚两万美元哦。"

"然后我去坐牢而别人却不用。"

"四十美元，就能让你金盆洗手？"

"光明正大赚来的钱和另外一种钱是不同的。"

"是的,区别在于一万九千九百六十美元。伯尼,你在这里赚的是蝇头小利。说实话,你没法靠这个过日子。"

"我从没偷过那么多,雷。我的生活水准也没那么高。我在上西区有间小公寓,晚上在酒吧坐坐,洗衣服用地下室的洗衣机。再有家书店,生活挺稳定的。帮我一个忙吧?"

他帮我把放折扣书的桌子从人行道上搬进来,然后说:"瞧,警察和小偷一起工作,真该有人拍张照片。这些东西你卖多少钱?四十美分,三本一美元?就是它们让你衣食无虞,嗯?"

"我买东西挺节制的。"

"听着,伯尼,你不愿帮我弄皮草的真正原因是——"

"警察。"我说。

"警察怎么了?"

"我重新做人了,你却拒绝相信。而你们警察却声嘶力竭地喊着要我们改邪归正——"

"我什么时候教你改邪归正来着?你是一流的贼。我为什么要你改变?"

在我将一本本精装版侦探小说装进购物袋,开始准备打烊时,他终于放弃了。他和我谈起他的搭档,一个模样好看,说话和蔼可亲的年轻人,喜欢赌马,还有一点点安非他命的瘾。

"他总是输，一输就满口脏话，"雷抱怨道，"不过从上星期开始，他用 X 光般的眼光挑马，现在他总是赢。不过我发誓我更喜欢他赌输时的样子。"

"他不可能永远那么幸运，雷。"

"我也一直是这样告诉自己的。那是什么，窗子上有铁栏杆？你还真不冒险，是不是？"

我把铁门拉下，锁好。"它们既然已经在那儿了，"我坚定地说，"不用似乎有点蠢。"

"没必要弄得让其他贼更容易得手，不是吗？贼没一个老实的，人们不都这样说吗？如果你忘了钥匙怎么办呢，伯尼？"

他没得到答案，我想他也不期望得到答案。他咯咯地笑着，重重地把一只手搁在我的肩上。"我想你会叫个锁匠，"他说，"你不能自己开锁，已经不是贼了嘛。你只是个卖书的家伙。"

巴尼嘉书店位于东十一街，百老汇大道和大学广场之间。我把店门关好之后，提着购物袋往东走过两家店，来到一间叫作"贵宾狗工厂"的狗美容院。卡洛琳·凯瑟正在给修容桌上一只怯生生的小约克夏犬修指甲。她说："已经休息了吗？等我把菲力普王子弄完就可以走了。如果不赶快喝一杯，我就要像吉娃娃一样叫唤了。"

我舒服地坐在柔软的沙发上,看着卡洛琳为这只小狗的脚做最后的修饰,然后把它塞回笼子里。她的双手忙碌着,嘴里却喋喋不休地抱怨她的情人。兰蒂前几天晚上都迟归,不但醉醺醺的,还乱发脾气,卡洛琳感到非常厌恶。

"我想是结束关系的时候了,"她告诉我,"但问题是,结束关系我会是怎样的感觉呢?答案是我不知道我的感觉会是什么,因为我无法触碰到我的感情,而我发现如果触碰不到,那么也许我根本就无法感觉到它们,所以,让我们找个有酒卖的地方,因为我现在只想让自己好受一点。你今天过得如何,伯尼?"

"有一点漫长。"

"是啊,你看起来的确很疲倦。我们走吧,我恨透了这地方的味道,我觉得自己像搽了'湿狗'牌香水。"

我们绕过街角来到一家相当普通的酒吧,名字叫作"饶舌酒鬼"。点唱机里放的多半是乡村歌曲,当我们把高脚椅往后移,坐在又长又暗的吧台边时,芭芭拉·曼德雷尔[①]正在唱一首关于外遇的歌。卡洛琳点了一杯伏特加马提尼加冰块,我则点了一杯苏打水加柠檬汁。酒保会意地点点头,卡洛琳却困惑地看着我。

"现在是十月啊。"她说。

"那又怎么样呢?"

[①] 芭芭拉·曼德雷尔(Barbara Mandrell, 1948—),美国乡村音乐歌手。

"斋戒期不是在春天吗?"

"是的。"

"医生嘱咐还是什么?让衰老的肝脏休息一下?"

"只不过今晚不想喝酒而已。"

"很好的理由,又想犯罪了?嘿,我有没有说错?"

于是我把话题转到雷·基希曼和他酷爱皮草的老婆身上,这回轮到卡洛琳不断发出表示同情的声音了。我们一直很善于轮流为对方扮演这种角色。她年近三十,有着深褐色的荷兰式短发,和一对清澈得令人赞叹的蓝眼睛。如果穿高跟鞋的话,她有五英尺一英寸,不过她从来不穿。她的身材就像消防栓一样,这样的五短身材干她那一行还挺危险的。

我是在接手这家书店时遇到她的。我不太了解兰蒂,因为我不常见到她。贵宾狗工厂是卡洛琳的独资企业,兰蒂是个空中小姐,或者说在她因为咬了一名乘客而被贬为地勤之前,是个空中小姐。她比卡洛琳高,比卡洛琳瘦,也比卡洛琳年轻一两岁,举止有些轻佻。兰蒂和我算是朋友,我想,但卡洛琳是我的精神伴侣。

我的精神伴侣同情地笑道:"警察真是个麻烦,"她说,"兰蒂曾经和一个警察交往过,我告诉过你吗?"

"我想没有吧。"

"她曾经经历过这样一段时期,在她准备公开承认自己是同性恋之前,有三个月的恐慌期。我想那是心理上的抗拒机制在起作用。那时她跟十几个男人上床。有一次这个警察不举,她嘲笑他,这警察就拿枪抵着她的头,她还以为他要杀了她呢。真该有人杀了她,我干吗又他妈的提起她?你可不可以告诉我为什么?"

"你问住我了。"

"你今晚有约吗?你还在跟画廊那女人约会吗?"

"我们决定各奔东西了。"

"那个疯狂的诗人呢?"

"我们从来不算真正在交往。"

"那么你今晚来我家吃饭吧?我的炖锅里有一些诱人的好东西。是我在今天早上还没觉得自己有多生气之前放进去的。佛兰德红烩牛肉加啤酒、小洋葱、蘑菇还有一堆好东西一起炖着。我还有不少好酒佐餐呢,如果你还是不肯喝酒的话,我也有几瓶巴黎水。"

我啜了一口我的苏打水。"我很想去,"我说,"但今晚不行。"

"有事吗?"

"我累坏了。我要直接回家,而我要做的最激烈的活动,就是向上帝的圣约翰祷告。"

"我应该知道这个人吗?"

"他是书店业的守护神。"

"是吗?那谁是狗美容业的守护神?"

"我知道才见鬼呢。"

"我希望我们也有一个守护神,我一直不断地被咬、被抓、被浇上尿,我应该有一个可以投诉的地方。既然这样,我想是不是也该有个女同性恋的守护神。还有那些在修道院中隐居的修女,真他妈的该有一个。说真的,你觉得有吗?"

我耸耸肩:"也许哪天会发现吧。我之所以知道圣约翰是因为利泽尔先生在书店后面的房间里挂了一张他的画像。不过一定有一本讲守护神的书。说不定店里就有一本。"

"拥有那家店一定很棒,就像住在图书馆里。"

"有点。"

"待在贵宾狗工厂就像住在狗舍里。你要走了吗?祝你有个愉快的夜晚,伯尼。"

"谢谢,我明天会找找,看有没有萨福① 的作品。"

"如果你有空的话。嘿,有没有小偷的守护神?"

"我也会找找看。"

我换了三次地铁来到百老汇大道和八十六街街口,再步行到下一条街的"侦探小说"书店。在那儿,我把整个

---

①萨福 (St.Sappho),公元前七世纪希腊女诗人。生平不详,著有诗集九卷,现仅存一首完篇、三首几近完篇的诗作。传统上认为她是同性恋者,西方语言中"女同性恋者"一词即源自其居住地莱斯博斯岛。

购物袋里的书全卖给了卡洛·布莱梅。她收购我所有的经典侦探小说，把这些书卖给她，要比等人来我的架子上挑划算多了。

她说："陈查理，菲洛·凡斯①——太棒了，伯尼。我有一堆客人等着要这些书呢。请你喝一杯怎么样？"

不知为什么大家都要请我喝酒。我跟她说下次一定让她请，离开她那里的时候却刚好错过开往西端大道的那班公交车，于是我只得步行过市区里的十六条街，走回我的公寓。这是一个凉爽的秋日午后，我发觉走路也挺不错的。待在书店里呼吸不到新鲜空气，也缺乏运动。

我的信箱里有封信，我把它拿上楼扔进废纸篓。电话铃响时我衣服刚脱了一半。是一个我认识的女人，她在切尔西经营一家托儿所。有个孩子的父母送了她两张芭蕾舞票，那不是很棒吗？我表示同意，但接着解释我为什么不能去。"我累垮了，"我说，"我还想不吃晚餐就直接上床呢。我正准备把话筒拿起来不接电话了。"

"那么，喝杯咖啡吧。就是那个人跳的，叫什么来着，你知道，那个俄国人。"

"他们全都是俄国人，我会看到一半就睡着了，抱歉。"

她祝我做个好梦，然后挂了电话。我把电话拿了起

---

①范·达因侦探小说中的侦探。

来。我本来可以享受卡洛琳的炖牛肉，或者看俄国人在舞台上跳跃旋转，我不想让电话再告诉我我错过了什么。电话先传出了表示没挂好的刺耳声音，然后赌气似的陷入一片沉默。我把衣服脱了，关灯，钻到被窝里，平躺着把手臂放在身体两侧，闭上眼睛，缓慢而有节奏地呼吸着，任我的意识一会这儿一会那儿地乱窜。我做了梦，也或许是白日梦，当闹钟在九点钟铃声大作时，我正处于一种打盹的状态。我起身下床，快速冲了澡，刮了胡子，穿上干净衣服，给自己沏了杯好茶。九点一刻，我把话筒放回电话座上，九点二十分的时候它便响了起来。

我拿起话筒说喂。打电话来的人说："一切照计划进行。"

"很好。"

"你那边也一切正常吗？"

"是的。"

"很好。"他说，电话就挂断了。没有报姓名，没有客套话。我对着话筒看了一会儿，然后把它挂上，随后又觉得像先前那样也好，于是又把话筒拿了起来。电话呻吟了一阵，但在我喝完茶后它就安静了。

我将全身的衣服进行了最后的整理。我穿的是三件套的海军蓝细条纹西装，一件浅蓝色的衬衫，同样是海军蓝的领带上有着绿金两色的细条斜纹。我的鞋面是黑色的小牛皮，鞋尖则包着鹿皮，鞋底是厚厚的皱纹胶。穿上它们，我在公寓里到处走动，收拾东西，进行最后的行动准备时，可以不出一点声音。

我的鞋很安静，然而我的胃却咕噜咕噜地叫。在九小时前吃完午餐之后，我什么东西都没吃过。不过我不想吃，也不想喝一杯。

现在不。

我检查一遍，确定东西都带齐了。我走出去，把门上了两道锁，然后乘电梯不经大厅直下地下室，从运货的门出去，避免和门卫照面。

空气有些凛冽。虽不至于到要穿皮草的程度，却也该穿大衣了。我的大衣就挂在胳膊上，于是花了点时间穿上。

小偷有没有守护神？如果有的话，我还不知道它的姓名。我向专管这行的人简短地喃喃祷告了一番，然后出发，重新展开我的犯罪生涯。

3

  皇后大桥过了一半的时候,我无意间瞥了一眼油表。指针一路往左,降到了大大的 E 下面,而我眼前的桥突然看起来还有似乎一英里那么长。我几乎可以看到自己困在东河上的样子。四周喇叭声不绝于耳,而当喇叭声大作时,警察还会远吗?他们起初一定还能体谅,因为开车的人难免会碰上这种事,不过一旦他们知道我开的是部偷来的车,同情心便会烟消云散。而他们会充满疑问,为什么我在偷车的时候不看看油还剩多少?

  我其实也在问自己同样的问题。我保持在目前行驶的车道里,脚轻轻踩在油门上,试图回想环保公益广告里不厌其烦地告诉我们的那几种节约汽油的方法。不要快速起步,不要踩刹车,在冬天的早晨不要花太长的时间热车……都是很中肯的建议,但我还是不明白要怎么运用。我紧紧抓住方向盘,等待着引擎熄火、天塌下来的那一刻。

不过这两件事情都没有发生。我发现过了桥的下一个路口就有加油站，我让服务员替我加满了油。这是一辆老旧的庞帝克，它的引擎可能根本没听过"石油危机"这个词。我坐在那里眼看着它吞下二十二加仑高级汽油。我在想这个油箱的容量应该是多少呢？二十加仑，我确定，这个加油站不诚实啊。真是个狗咬狗的世界。

账单来了，十五美元多一点。我给了那小伙子二十美元，而他则报以一个微笑并指着加油机旁柱子上的提示："晚上八点以后恕不找零，或请使用信用卡。共同打击犯罪。"我不清楚这标语是否防范了什么，但他们肯定能从中获得好处。

我有几张信用卡，甚至还用它们来开过门，虽然这听起来不像你在电视上看过的把戏那样可信。不过我不想留下曾经出现在皇后区的记录，我也不希望有人记下这辆庞帝克的车号。所以我给了这臭小子现金，把该找我的零钱赏给了他，因此而获得了一个贪婪的微笑。我往东驶向皇后大道时，一路不满地嘟囔着。

不是钱的问题。真正令我感到困扰的是自己刚才愚蠢地开着一辆油箱已空的车子到处转。事实上，我不常偷车。我甚至不常开车，我租车到乡下度周末的时候，租车公司的人总是把油箱加满了给我。在我想到油的问题的时候，我往往已经在去往佛蒙特州的路上了。

今晚我并非要去佛蒙特州，只不过是去林园山庄罢了，乘地铁去其实也很方便。前几天我就乘地铁去那儿做了事前的基本调查。不过回程时我可不想再搭地铁，当我胳膊下夹满别人的东西时，我会尽量避免搭乘公共运输工具。

而且当我在七十四街发现这辆庞帝克的时候，它是那么令人难以抗拒。首先，通用汽车出品的车子对我来说是最容易打开，也是最容易发动的。而这辆还有着新泽西的车牌，所以不会有人对我起疑心。最后，车主还不太可能去报失窃，因为他把车停在消防栓旁边，所以他会以为车是被警察拖走的。

杰西·亚克莱特住在林园山庄花园。林园山庄本身就是一个相当不错的中产阶级社区，地点位于皇后区中央，法拉盛以南。四分之三的住户家中至少有一名女人不是待在减肥互助会里就是在打麻将。不过林园山庄是令人尊敬有加的中产阶级中的上层人士聚居地。这儿的每一幢房子都有三层楼高，有着用青花砖装饰的瓦顶。每一块草皮都经过精心修剪，所有的灌木丛都井然有序地裁成一般高。社区管理委员会拥有并负责维护这里的街道，他们还规定社区住户以外的车辆不得在路边停靠。

从邻近较差社区开来的车常常会侵入林园山庄安静的街道，车上的人一个箭步冲上去击倒女人，夺走她手中的鳄鱼皮包。于是一天二十四小时都会有警车在街上来回巡逻，将类似事件发生的概率降到最低。这里虽不是比弗利山庄——在那儿每个行人都会变得紧张多疑——不过安全措施也算相当严密。

铜木弯道那儿的警卫就更严密了，这是一个优雅的半圆形社区，石材和砖头搭建的豪宅坐落在宽广的林地间。铜木弯道的住户包括一名航运业的继承人，两位黑道上的大哥级人物，连锁殡葬社的老板，还有二三十个有钱人。有一辆私人警车专门负责巡逻铜木弯道以及其他四条相邻的、同样高级的街道——铁木街、银木街、白铁木街和钱斯瑞道。

如果说林园山庄是皇后区柔软的小腹，那么铜木弯道就是她肚脐眼上的那粒红宝石。

找这颗红宝石对我来说毫不费力。上一次来这里时，我走遍了整个社区，腋下夹着一本袖珍地图和记事板——拿着记事板的人永远不会令人感觉突兀。那时我发现了铜木弯道，现在我又见到了它。我开着庞帝克缓缓经过杰西·亚克莱特的宅邸，那是一幢耀眼的都铎式建筑。在三层楼每一层的直棂窗上，都闪着耀眼的光芒。

在铜木弯道的尽头，我急转至贝尔纳普巷，这是一条僻静的死胡同，长度约为从这个街口到下一个街口的距离。在这里看不到穿梭于铜木街、铁木街、银木街、白铁木街和钱斯瑞道的警车。我把车停在几棵大橡树间的路旁熄了火,把连接点火电门上的电线拔掉。

要停在这条街上你得有贴在车前玻璃上的标签,不过那是为了让白天的通勤族别把这儿停得拥挤不堪而设的规定。晚上没有车子会被拖走。我把车停在那里,步行回到铜木弯道。如果有巡逻车在穿梭的话,我可是一辆都没看到,我也没看到有任何人在走动。

亚克莱特的房子前面的那三盏灯依然亮着。我毫不犹豫地走过房前的车道,用我的笔式手电筒照进车库的窗子。一部簇新的捷豹跑车静静地伏在车库的一边,另一边则是空荡荡的。

很好。

我走向边门。门柱上的门铃下方有块一英寸见方的金属板,上面有个钥匙孔。孔里面闪着红灯,这表示警报系统是开着的。如果我是亚克莱特先生,有门锁的钥匙,就可以把钥匙插进孔里,解除警报。相反,如果我插了任何不适当的东西在里面,就会警铃大作,而最近的警察局也会收到信号。

很好。

我按了门铃。车不在,警报器开着,但世事难料,而像我这样一个穿着吊带裤还要系皮带的小偷,是最不可能阴沟里翻船的。只是以防万一。我曾经来这里按过同样的门铃,当时我拿着我的记事板前来拜访,为了一个并不存在的下水道问卷调查问了些毫无意义的问题。然后,我听到门铃的四个音符回荡在这个巨大的老宅里。我将耳朵贴在那扇厚重的门上仔细倾听，当门铃的回声完全停止时，依旧阒然无声。没有脚步声，没有任何有人在的迹象。我按了一次又一次，什么声音也没听到。

很好。

我再次走到这幢房子的后面。有那么一会儿我只是站着。这是个相当令人愉快的夜晚，空气一如既往的清新纯净。我站的地方看不见月亮，不过头顶上却可见疏朗的繁星。然而真正令我感动的却是那种寂静。皇后大道离这儿仅仅几个路口，不过我听不到任何车水马龙的嘈杂声。我想或许是树把那些噪音阻隔在外面了。

我感觉自己仿佛离纽约有数百英里之遥。亚克莱特的家则像哥特小说中的古宅，坐落在朔风阵阵的荒野中兀自沉思着。

我可没时间沉思。我戴上橡胶手套——紧贴皮肤的，在手掌处挖了个洞以求舒适——走过去查看厨房的门。

感谢世上有警报器和防盗锁这种东西，它们让业余者却步，也为一般人带来安全感。如果没有它们，大家会把所有的好东西都藏在银行的保险箱里。此外，它们还让小偷这个行业更具有挑战性——就像我一直认为的那样。如果任何不登大雅之堂的蠢材都可以干这一行，那还有什么乐趣可言？

亚克莱特家用的是一流的警报器——费舍系统的NCN-30型。根据我的判断，一楼的所有门窗应该都接上了警报器。较高的窗子可能连接了也可能没有——大部分人不会这么麻烦，不过我可不想爬到墙上去检查，重接警报系统的线路要比这简单得多。

让警铃失效有好几种方法。其中一个粗鲁而直接的方法是切断这个房子的总电源。这种做法太粗糙——而且这对费舍系统的NCN-30型警报器是无效的，因为它们有反失效装置，一旦电源被切断，就会触动警铃。（如果电力因其他意外而突然中断，其结果一定十分有趣。）

啊，好了。我的方法是带一些电线，把它们连接在原有的线路上，然后再把末端用绝缘胶带整齐地贴住。完工之后，警铃的功能丝毫不会受到影响，只是厨房的门不再受到它的保护。一整队的骑兵可以大摇大摆地穿过这道门，免受NCN-30的干扰。这件工作绝不是一般的小偷做得到的，不过我可不是一般的小偷，这难道不是件很幸运的事吗？

处理完警报器之后，我把注意力转到厚重的橡木门上，这可是另一项挑战。一把万能钥匙打开了主锁，不过另外还有两个，一个西格尔锁，一个雷布森锁。我一手拿着小手电筒，一手拿着开锁工具准备开锁。我再度把耳朵贴在厚木头上。（它就像贝壳，如果你仔细听的话可以听到森林的声音。）当最后一根制栓也被拨开之后，我转动门把，先往面前拉，再往前推，什么都没有发生。

门里面还有一个门闩，我将手电筒的光束沿着门缝往里面照，寻找它的位置，然后拿出了随身的小工具，将一把小钢锯滑进门与门柱之间来回磨动，直到门闩被锯断为止。我试着再度开门，天哪，里面竟然还有一条门链，在门开至三英寸的时候就被拉住了。我可以再把这条门链锯断，但何必这么麻烦？把我的手伸进去，直接把链子解下来岂不是方便得多？

我径直把门打开，成功地非法进入，这种方式能让任何一个狡诈的会计师都引以为荣。有那么一会儿，我只是站着，全身上下闪着光芒。然后我把门关上，锁好。对于被我锯断的门闩，我是毫无办法了，不过我的确花了点时间把门链挂了回去。

接着，我便开始了寻宝之旅。

再也没有任何事情能与之相比。

把我对雷·基希曼说的话都忘了吧。没错，我是渐渐老了。没错，我是怕被恶犬咬，被怒不可遏的屋主射杀，被有关当局关在锁怎么也打不开的监狱里。是的，这些都没错，但那又如何？当我身处某人的住所，他所有的奇珍异宝像桌子上的盛宴一样在我眼前排开时，这些都变得毫不重要。天哪，我没那么老！我没那么胆小！

我并非以此为荣。我可以一口气说出很多当代绿林好汉的故事，但又怎么样呢？我自己都不相信。我不崇拜罪犯，对我来说坐牢最苦的一件事就是不得不和他们打交道。我喜欢做一个诚实的人群中的诚实人，不过我还没有发现任何一个诚实的事业能让我有这样的感觉。我希望有一个道德的职业可以取代偷窃，但是没有。我是天生的贼，而且乐此不疲。

我走过管家的备餐室和铺着砖块地板的大厨房，穿过通向起居室的走廊。我从街上看到的灯光此时此刻正温暖地照着房间。一个蒂芙尼的铅框玻璃台灯，它本身就是个值得注意的东西。我上次在麦迪逊街一家古董店看到过同样的灯，标价一千五百美元，而那已经是好几年前的事了。

不过我大老远跑到皇后区来并不是要偷家具的。我来这里有一个非常特殊的目的，而且根本不需要到起居室。我不需要列一份可偷物品的清单，但老毛病总是改不了，几乎无法避免。

这盏灯让我工作起来更加容易，省掉了用手电筒的麻烦。这灯有定时器，所以白天会自动熄灭，在黄昏时会自发地亮起来守夜，勇敢地直亮到天明，仿佛在向路人宣告没人在家。

他们真是体贴，我想，为小偷留一盏灯。

这盏灯蹲坐在一张有法式装饰的小桌上。桌边的六个抽屉中有四个是假的，而在两个真抽屉当中的一个里面放了一只百达翡丽怀表，表壳上刻着狩猎图。

我把抽屉关上，没碰那只怀表。

餐厅也挺值得一看。餐具架上放着如假包换的银器，包括两整套纯银餐具，以及一堆真正的乔治安餐盘组合。更别提那满眼的上好瓷器和水晶了。

我没有碰任何东西。

书房也在一楼，这是我个人非常愿意拜访的房间。它大约有十二英尺见方，华丽的克尔曼地毯盖住了大部分的浅黄色木质镶花地板。定做的英式橡木书架占满了两面墙。在房间中央，有一个专业用的台球桌，上面悬着水果花色的蒂芙尼罩帘。房间远远的另一头，挂着两副镀金的椭圆形画框，画里亚克莱特的祖先正对这屋里的一切庄严地表示着赞许。

墙上还有一对架子，其中一个放着桌球杆，另外一个上了锁的则展示着来复枪和霰弹枪。几张过于饱满的皮沙发。一个精致的吧台，上面放着镌刻有飞鸟的水晶杯。这儿的存酒多得足以浮起一艘游艇，另外还有水晶瓶装着的雪利酒、波特酒和白兰地，在房间各处以相当方便的间距随意摆放着。一个桃花心木做的烟具台，上面放着几打木质烟斗和两盒海泡石烟管。一个哈瓦那杉木小柜。整个房间都是铜、木头和皮革，我真希望用钉子把门钉死，然后斟上一杯昂贵的雅马邑白兰地，永远待在这里。

我转而审视着书架。它们非常庞大，却并不乏珍藏。好几部法国革命前凡尔赛无名食客的皮质全套传记，还有很多类似这样的东西。其中许多我都只在大的图书交易商目录或者拍卖艺廊里见过。我还发现了一本斯莫利特[①]的珍贵初版小说《劳伦斯·格里夫斯爵士的冒险》，还有一些装订精美的书，以及限量发行或私人收藏的出版物，它们随意地排放着，看不出有特定的次序。

我从书架上拿了一本书下来，书皮是绿色的，不比一本普通的平装书大多少。我把它打开，读了读扉页上的题字，又快速地翻了翻，然后合上，放回书架。

我和来的时候一样空着手离开了书房。

楼梯很暗。我打开手电筒，上上下下来回了三次。有一级楼梯板吱嘎作响，我让自己清楚地记住是在哪。从上

[①] 斯莫利特（Tobias Smollett，1721—1771），苏格兰诗人、作家。

面数过来第四级。

其他楼梯板都非常令人满意地安静。

主卧室里放着一张双人床,床的两边各有一个床头柜。房间里有各属男女主人的衣柜。他的衣柜里挂着布克兄弟出品的西装,摆着西班牙科尔多瓦皮鞋。我特别喜欢其中海军蓝、有着浅色条纹的那一套。那和我身上穿的这一件大同小异。她的衣橱则满是洋装和皮草,其中有一件是会让雷的太太垂涎欲滴的那一种。化妆台——法国乡村式的,白色珐琅质包着金边——的抽屉里有一大堆珠宝。一只宴会戴的戒指吸引了我的注意,这个设计不俗的小东西由许多小珍珠围着一颗橄榄仁形的大红宝石构成。

其中一个床头柜的最上一格抽屉里有一些现金,几百块钱,都是十块二十块的纸币。在另一个床头柜里我发现了一本存折——艾尔弗丽达·格兰瑟姆·亚克莱特的账户里有一千八百美元。

这些东西我都没拿。我没有拿五斗柜上的法巴芝宝石蛋,没有拿白金袖扣和领带夹,或者任何一只腕表,事实上,我什么都没拿。

在对杰西·亚克莱特家的搜索中,我在二楼的后部发现了一堆存折。有七本，用橡皮筋捆在一起，与他的邮票、账簿和其他杂物一起放在书桌右上角的抽屉里。每个账户里都有相当可观的存款，我迅速算了一下，总共有六万多美元。

我承认，我有点心动。

我认识一个家伙，他有一次在默里山闯进一间公寓，当他正忙着把珠宝和银器装满一只枕套时，突然发现了一本有着五位数存款的存折。这个聪明的家伙立刻把枕套里的东西拿出来，一一放回原处。他把这些东西摆得好像从未被动过似的，然后除了这本宝贵的存折之外，他什么也没拿。这样，住户就不会知道他们遭过小偷了，也就不会想起这本存折，然后他就可以在他们起疑之前，把钱提光。

啊，真是天衣无缝。第二天早上他出现在银行柜台，拿出存折提钱。提的金额并不多——他只不过是先尝试一下——不过银行办事员恰巧认识那位存户，而这个家伙能记起的下一件事，就是在丹尼莫洛服刑了，我就是在那儿遇到他的。

存折不值一提。

两大把的克鲁格金币[①]也不值一提，那是南非人特意

[①]克鲁格金币（Krugerrand）是一种著名的南非金币。南非是世界上最大的产金地。为了促销其出产的黄金，南非在一九六七年发行克鲁格金币，此后风行世界。克鲁格金币正面有南非共和国第一任总统保罗·克鲁格的侧面像，故得名"克鲁格"金币。

为有意投资黄金的人打造的玩意儿。我喜欢金子——谁不喜欢呢？不过它们在抽屉里和一把手枪躺在一起，而我讨厌枪的程度跟我喜欢黄金的程度不相上下。放在书房里的东西通常是用来展示的，至少大部分时候是。不过这一件却是用来射杀小偷的。

克鲁格金币不值一提，同样，一个与肩同高的玻璃柜也不值一提，尽管里面放满了贝姆[①]水晶鸟、新艺术[②]花瓶以及轻如薄纸般的玻璃制品。我看到一个莱俪烟灰缸，和我祖母咖啡桌上的那个一模一样，我还看到一个道姆·南希花瓶，上面镶着百分之百的真宝石，还看到一大堆巴卡拉、米勒弗利等名牌家居饰品，还有……

我有点受不了诱惑了。随便扫一眼都能看到不下十件东西是我想偷的。一眼望去，所有的平面上都摆放着铜雕，件件令人印象深刻。除了一般的公牛、狮子、马之外，我注意到有一件是一只骆驼跪在一名外籍兵团的士兵旁边。这名士兵头上戴着扁帽，脸上带着痛苦的表情，仿佛对于有关军团病[③]的笑话已经厌烦到了极点。

有几本集邮簿。一本里面是来自世界各地的普通邮票，看来不值什么钱，不过另一本却是苏格兰为荷比卢三国联盟所出的特辑，我快速翻了一下，里面几乎是满的。

[①]指欧洲首席水晶设计师贝姆（Michael Boehm）设计的水晶制品。
[②]新艺术（Art Nouveau），是流行于十九世纪末和二十世纪初的一种建筑、美术及实用艺术的风格。
[③]指一种大叶性肺炎。

还有钱币收藏。最要命的就是这个,他还搜集钱币!没有放在簿子里,不过是一打黑色的硬纸盒,每个约两英寸高,两英寸宽,十英寸长。每个盒子里都塞满了成对装在纸袋里的钱币。我本来没时间去细看的,但又忍不住。我随便打开一盒,发现里面满是刻有巴伯头像的二十五美分和五十美分硬币,全都是绝版货。另外一盒装着《谢尔顿杂志》曾经点名介绍过的无与伦比的一美分大硬币[①]。

我怎么可能弃它们而去?

我离开它们,什么也没拿。

听见门口车道上传来车声时,我正在二楼的一间客房里,用我的笔式手电筒往墙上照,欣赏着一幅法国画家鲁奥[②]用铅笔签了名的、非常棒的石版画。我看了看表,十一点二十三分。我听着车库的自动门缓缓升起,然后汽车的引擎声停止。当车库的门缓缓下降时,我不再倾听楼下的动静,而是转身走过长廊,登上通往三楼的楼梯。就在我上到三楼蹲伏在地板上的时候,杰西·亚克莱特的钥匙正好插入这个房子侧门的锁孔里。他先关掉了

[①]一美分大硬币(Large Cents),面值为一美分的硬币,直径在二十七至二十九毫米之间,首次发行于一七九三年。
[②]鲁奥(Georges Rouault, 1871—1958),法国画家,创作木刻、彩色石版画和铜版画,在他的油画中也有版画的影响,粗犷而有力度。他的画风有时被列入野兽派,但表现派对他来说更为适合。

警报器，然后打开门，接着我仿佛可以听到他和艾尔弗丽达进屋之后，他是如何把那半打锁一一锁上的。

低沉的对话声，我隔了两层楼几乎听不到。我用戴着橡胶手套的食指擦去前额的汗。当然，这仍在计划之中。我稍早之前甚至还检查过阁楼的楼梯板，以确定它们不会吱嘎作响。

不过，我还是不喜欢这样。做小偷这一行必须把什么状况都预先想好，我通常都是在宝贵的独立状态下工作。如果屋主在我工作的时候回来，我通常会立刻离开。

不过这一次我要待得久一点。

在两层楼之下，一只茶壶的哨音响了一会儿，便像叹了口气似的没了精神，想必是被人提离了炉火。我曾一度以为那是警笛的声音。太紧张了，我想，深呼吸一口，向小偷的保护神祈求一剂安神药。也许我对基希曼讲的话不无道理。也许我干这一行已经年纪太大了，也许我没有那处变不惊的天分，也许……

蜷伏的姿势相当不舒服，我的脚麻了。阁楼为这整幢房子画下了一个最完美的句点。它的中央走道里铺着褪色的栗色地毯。我往屋子正面的方向走去，那儿有一盏连接着定时装置的铜座立灯，透过拉下帘子的窗户，向外透散着四十瓦的光芒。这是一间用人房——看起来似乎是这样，虽然这家人已经不再雇用住在家里的仆役了。

一张沙发床靠墙伸展着。我躺了上去，拉起一条绿金相间的阿富汗毛毯将自己盖住,闭上眼睛。

我目前所在的位置听不到什么声音。有那么一会儿,我以为我听到楼梯上有脚步声,还有几次我想象自己听到了书房里球台上有球碰撞的声音。也许是我的想象力自动把空白之处填补了起来。在一个从戏院归来的晚上,亚克莱特家的例行公事往往是非常容易预测的。十一点半左右到家,到早餐台前喝点咖啡,吃些甜点,然后艾尔弗丽达会带着一本字谜书上楼,而杰西则会打上一两杆,啜饮两口某个水晶瓶里的酒,读两页某本有着皮革封面的古典巨著,然后快步上楼,和卧室里的老婆躺在一起。

他会不会在楼下做一番最后的查看,确保每个门都锁好了呢?他会不会刚好检查到厨房的门闩,然后刚好发现有个聪明的家伙把它给锯断了呢?我甚至还有更可怕的想法,他会不会正拿起电话,叫当地的警察过来呢?

我本来可以去看芭蕾的,看俄国人学羚羊跳舞;我本来可以和卡洛琳一起回家,吃佛兰德炖肉喝荷兰啤酒的;或者我本来可以在家睡在我的小床上的。

我待在我所在的地方,然后等待。

一点半的时候我站了起来。整整半小时,我没听见房里有任何声音。我蹑手蹑脚地走向楼梯,经过主卧室门口,希望房子的主人们在里面睡得死死的。我走下楼梯,踏着我的防滑鞋底,以前所未有的小心走着每一步,穿过二楼的走廊,继续走下阶梯到一楼去。我不必费太大的工夫去注意避开上面数来第四个阶梯,因为在过去二十分钟里那是我最关注的主题。

一楼的灯又熄了,只有起居室那盏蜻蜓灯还不屈不挠地亮着。我不必打开手电筒就可以找到去书房的路,不过进去以后,我还是让它的光束四处随意照着。

亚克莱特晚上来过这里。他把一根球杆留在了球台上,旁边还散放着几颗球。一张大椅子旁的皮面桌子上,站着一只喝白兰地用的窄口小杯。杯子是空的,不过快速地闻一下还是能知道刚刚它才盛装过干邑——非常好的干邑,从酒香就可以知道。

酒杯旁有一本《谢里丹戏剧集》[①]用红色的皮包着——睡前读物。

我到书架那边去。亚克莱特有没有把阅读他的绿皮小书当作每晚睡前的例行公事呢?我看不出来,因为它还是好端端地在我今晚稍早发现它的地方。不过这可是他的宝藏。他也许看过它。

我把书从书架上取下,设法塞到外套口袋里,又悄悄挪动它旁边的书,填满那本书原来所在的空间。

然后我离开了书房。

[①] 谢里丹(Richard Brinsley Sheridan, 1751—1816),英国喜剧作家和政治活动家。

他进入屋子的时候关掉了警报器，在他和艾尔弗丽达进入屋子以后立刻又打开了。这个警报系统仍旧护卫着整幢房子，当然，除了厨房的门。现在我就从那唯一的出入口离开，顺手把门带上，并且用开锁工具再将我挑开的三把锁一一锁上。我不得不让门链挂在那儿，对那被我锯断了的门闩也一筹莫展。没有人是完美的。

不过，对于不完美我总是耿耿于怀，尤其是在我重新接回警报系统，让厨房门再度变得不可侵犯的时候。我内心的感情一直在催促我，叫我趁早离开亚克莱特的家，不过我还是多花了几分钟，让电线只留下一个不起眼的小小的绝缘胶带，暗示着这条电线曾经被人动过。

这是完美主义吗？我倒称之为固执地追求卓越。

警车转弯过来的时候，我几乎已经到了铜木弯道的尾端。我试图挤出一丝微笑，敷衍地点了个头，但没有停下脚步。他们高高兴兴地走了，为什么不呢？他们看到的，不过是一个穿着得体、举止规范的绅士，看起来就像这里的居民一样。

他们没有看到露出手掌的橡胶手套。在我离开亚克莱特家的车道之前，就将它们塞进口袋了。

庞帝克还在原来的地方。我把点火线接回去然后上路，不一会儿回到了西七十四街。偷停在消防栓旁边的车还有一个好处，就是你可以大大方方地把它放回你发现它的地方。我正是这么做的，当我把车停在消防栓旁的时候，还有一只花斑拳师狗正举起一只腿朝它尿尿。我把点火线拔掉，走出车外，在我把车门关起来之前还小心地把门锁的按钮给按下。

花斑拳师狗那同样全身是斑的主人，一手拿着皮带，一手拿着一沓纸巾，警告我这么做会被开罚单或拖吊。我不知道怎么回答他才好，于是我径自走开，没有给他任何答案。

"疯狂，"他对狗说，"这里的人都疯了，麦克斯。"

我无法辩驳。

我在自己的公寓里，小口地吃着乳酪，嚼着饼干，啜着只有在特殊场合才会喝的苏格兰威士忌。我全身放松，容光焕发地享受着事事都在计划之内的宝贵时刻。所有的紧张、不适和焦虑——这样的时光补偿了一切。

稍早时候，当我伸展在那张巨大的沙发床上时，还无法阻止自己去想亚克莱特家里的那些宝藏。现金、珠宝、邮票、钱币、艺术品。我还幻想着要把厢型车开到草坪，把所有的东西都搬走。从地板上的东方地毯到头顶上的水晶灯。我认为，那是唯一可行的方法。一个想有所选择的人会碰到麻烦。他会不知道该从何偷起。

而我的问题是什么呢?

我把书拿起来,小心地不让威士忌滴到它上面,虽然多年来已经有别人滴了这样那样的东西在它上面。它原本看起来没这么糟,现在我可以好好看看了,却让我发现了原本没有看到的缺陷。封面上有水渍,还有几页已经变色了。过去这半个世纪并没有善待这本小书,而没有任何书商会给这本书比"尚可"更高的评价。

我翻阅着,东一篇西一篇地随意读着里面的诗句。作者的节奏似乎从未失误过,而他的押韵也灵巧地从未失去规范,但我觉得那些全都是歪诗。

为了这玩意儿我放弃了克鲁格金币,放弃了有巴伯头像的钱币珍藏,放弃了法柏芝宝石蛋,放弃了道姆·南希花瓶。为了这玩意儿我把珍珠和红宝石戒指放回了它们的丝绒小盒里。

威尔金先生应该以我为荣。

4

我和鲁德亚德·威尔金初次见面,是在这次闯空门之前两个星期,周三或周四一个无所事事的上午。纽约洋基队刚刚输掉世界大赛的头两场比赛,前一天晚上,我才看到一个初出茅庐的小伙子,老练地在满垒的情况下将拉吉·杰克逊三振出局。这是个潮湿的上午,空中飘着细雨,显然很潮湿。

还没有一个客人上门,我也不怎么在乎。我坐在柜台后面,手里拿着本平装书。我不卖平装书,进的平装书通常会批给第三大道和十六街拐角处的那个家伙,他只卖平装书。

不过,有时候我会在批出去之前先拿来看看。当时我看的那一本是理查德·斯塔克[①]的帕克系列。帕克是个职业小偷,系列里的每一本形式上都颇为相似——帕克找来

[①] 理查德·斯塔克是 Donald E. Westlake (1933—2008) 的别名,美国犯罪小说作家,曾三次获得爱伦·坡奖。

了他的狐朋狗友，然后去诸如南卡罗莱纳或斯巴坦堡之类的地方，购买枪支和卡车，找一个牙医先弄点钱，作为行动的经费，接着他和他的弟兄便开始部署，于是下面一定会出些严重的乱子。如果没出乱子的话，所有的书在七十页左右的时候就会结束，而帕克一定也早就在加勒比海买下私人小岛了。

我上次坐牢时，所有的狱友都是帕克迷。只要找到帕克的书，他们一定争相阅读。即使阅读能力很差，必须把每个字都朗读出来才能明白其中意思，也无损他们的热情。我敢说，那些头发斑白的老狱友无不在狱中互相传诵小说中的段落，特别是帕克切掉某人手脚的情节。一个专偷保险箱的窃贼最喜欢引述帕克如何将一个卑鄙的工友打断三根骨头，然后丢到沼泽里的情节。最令人着迷的是他用的形容词，"故意"打断三根"重要的"骨头。

店门口的小铃铛响起，告诉我有个伴儿来了，这时我正看到帕克在缅因州普雷斯克岛吃晚饭，紧急拨电话给妙手马凯。当这位访客走向我的时候，我把平装书藏了起来。毕竟，旧书商也得维护一下形象，我们是不应该读这种垃圾的。

他是个身材壮硕的人，脸色通红，下颌很宽，像只牛头犬。头顶上薄薄一层红发平整地向后梳，铺在光滑的鲑肉色头皮上。他穿着一件炭棕色的斜纹软呢夹克，采用箭尾形缝制法，两边的胳膊肘部位钉着麂皮补丁。里面是一件咖啡色的毛背心，黄褐色的立领棉质衬衫，一条深咖啡色的领带。他的长裤是淡黄褐色斜纹布料的，皮鞋有棕色的翼尾装饰。他的鼻子又长又窄，胡须带点灰白，眉毛杂乱地纠结成好几股，眉毛下面的眼睛——咖啡色的，和他的装扮很般配——锐利冷酷，还有血丝。

他问利泽尔先生什么时候来，我向他解释了书店老板换人的事情。他说："啊，难怪他没有再跟我联络了。我收藏书，以前有我可能感兴趣的书他都会告诉我。"

"你收藏哪一类书？"

"大部分是维多利亚时代的诗，但有时口味会变，你知道的。我偏爱艺术气息十足的韵文。托马斯·胡德[①]、阿尔加侬·查尔斯·斯温伯恩[②]、威廉·麦克沃斯·布列德[③]，当然，吉卜林也是我的最爱。"

我说我所有的书都在架子上，他便自己走过去查看。我把帕克那本书从柜台下拿出来，继续神游帕克的犯罪现场。当这位穿斜纹软呢夹克的顾客再度来到柜台前的时候，我正读到帕克的两个亲信准备背叛他。顾客来到柜台前，手里拿着一本布面小书。那本书里收集了奥斯汀·道布森[④]的诗，定价是六美元或七美元，大致上不出那个范

[①]托马斯·胡德（Thomas Hood, 1799—1845），英国幽默作家、诗人。
[②]阿尔加侬·查尔斯·斯温伯恩（Algernon Charles Swinburne, 1837—1909），英国诗人。
[③]威廉·麦克沃斯·布列德（William Mackworth Praed, 1802—1839），英国幽默诗人。
[④]奥斯汀·道布森（Austin Dobson, 1840—1921），英国诗人、随笔作家。

围。他付了现金,我帮他把书包起来。

"你如果碰到我喜欢的书,不妨打电话给我。"

他递给我一张名片,上面有他的名字,还有个地址,在东三十几街那一带,另外有个电话号码,还要通过默里山八号转分机。名片上看不出这个人是干吗的。

我的视线从名片移到他脸上,说:"你收集吉卜林的书。"

"也收集别的,不过我的确收集吉卜林。"

"你跟吉卜林家族有亲戚关系吗?"

他笑起来:"因为名字吗?你这么想并不奇怪。不过不是这样的,我跟吉卜林家族没有关系,鲁德亚德不是姓氏,你要知道。它是个湖的名字。"

"哦?"

"在斯塔福郡。吉卜林的父母在鲁德亚德湖畔的一次野餐中初遇。于是当他们的儿子诞生时,便以这个湖作为他的名字。其实他的教名是约瑟夫,不过他从来没有用过那个名字,小时候大家都叫他鲁迪。"

"你的教名是……"

"詹姆斯,但我也不用这个教名。我的全名是詹姆斯·鲁德亚德·威尔金。吉卜林死的时候我八岁,那一天我记得非常清楚。那是一九三六年,就在英王乔治五世驾崩之后两天。我们家充满了哀戚的气氛,你可以想象。我父亲极度崇拜吉卜林。他甚至给他唯一的儿子取了跟吉卜林一样的名字，不是吗？我名字的出处是吉卜林，可不是斯塔福郡的那个湖哦。'先是老国王，现在帝国的诗人也死了，'我父亲说，'记住我的话，鲁迪，不出两年欧洲必有战事。'当然他的预言有一年的误差，希特勒入侵波兰和吉卜林去世应该也扯不上关系，但在老人家心里这些事情都能连在一起。"他边说笑，粗大的眉毛抖个不停，"你对吉卜林有兴趣吗，罗登巴尔先生？"

"我小时候读过他的作品。"

"你可以再读一次，他的东西最近又流行起来了，之前实在被忽略得太久了。你最近看过《基姆》或《消逝的光》吗？还是——不过看书对开书店的人来说，可能不算休闲活动吧？一天工作下来，可能看到书本都会反胃。"

"哦，我还是很喜欢看书的，说不定会再读读吉卜林的东西。"

"我认为你应该看，你的书架上就有，这是个不错的开始。"他机警的棕色眼睛打量了我一下，"我说，老板，你今天有没有可能和我一起吃午饭？我有些你可能会感兴趣的事要告诉你。"

"听起来不错。"

"那么到我的俱乐部来吧，你知道马缰俱乐部吗？十二点半怎么样？"

我告诉他，我知道马缰俱乐部在哪里，十二点半没问题。

他其实已经说了一些我感兴趣的事情。

马缰俱乐部跟他很般配，包括他的衣着还有那股暧昧内敛的绅士味道。俱乐部位于麦迪逊大道和第三十街的拐角处，大部分摆设是英国文艺复兴式的橡木家具，墙上还有数不清的动物头部标本，委实叫人不舒服。

我们在二楼的一个房间里用餐，头上有个水牛头标本，它的玻璃眼珠盯着我们，据说它是老罗斯福总统射杀的，原因是什么我猜不到。午餐吃的是硬如牛皮的烤肉、解冻的豌豆和软趴趴的薯条。把这些糟糕的食物端上桌的是个眼睛分泌物过多的家伙，走路的样子仿佛他的双脚疼痛不已。脸上的表情跟墙上那头牛一样哀戚。

威尔金和我用餐时一直在谈书，我们都没有要甜点。那个哀伤的侍者给我们上了一大壶咖啡，就像火车上用的那种银色咖啡壶。咖啡的味道比老餐车上的还要好，又浓又香，还带点酒味。

我们的桌子靠着一扇窗户，我轻啜着咖啡，望着外面的麦迪逊大道。拐角处那个卖冰淇淋的小贩生意很清淡，再过几天他就要撤摊了，摊位会让给一个卖脆饼干和栗子的小贩，这种商机的转换跟季节的变化一样无情。从这扇窗户看不到叶子变色，但是街边小贩的变化，同样可以让你感受到时光流逝。

威尔金清了清喉咙，打断了我的胡思乱想。他说："我跟你说过我也收集亨利·莱德·哈格德[①]的作品吧？"

"我记得你提起过他。"

"他是个很有意思的人，他投注在南非的感情，如同吉卜林投注在印度的感情一样。《所罗门王的宝藏》——你一定知道他的作品。"

"略知一二。"

"他和吉卜林成了好朋友，你知道。他们俩都跟伦敦中心区的文人合不来，也都活得够长，看见自己的文学名声由盛而衰。一般人对他们的印象，就像极右派的基督徒看待毫无信用的帝国主义一样。你知道J.K.斯蒂芬[②]的诗吗？"

我根本不知道他说的是谁，只见他开始背诵一首诗：

> 是否永远不会有这样的季节
>
> 让我们远离诅咒
>
> 不再读到毫无意义的散文
>
> 或音律刺耳的诗歌
>
> 当世界停止质疑那些
>
> 愚者中的天才
>
> 或后生小辈的诡谬
>
> 就无法超越前人的成就

[①] 亨利·莱德·哈格德（Henry Rider Haggard, 1856—1925），英国小说家。
[②] J. K. 斯蒂芬（James Kenneth Stephen, 1859—1892），英国诗人。

当人类应该再生

　　于百家争鸣

　　当墨水瓶应该颤抖

　　化为无数字迹

　　当那儿站着噤声的年轻人

　　沉默，并且因被迫噤声而无聊着

　　当吉卜林不再是吉卜林

　　当哈格德不再是哈格德

他又把我们的咖啡杯添满。"写得挺糟糕，不是吗？有很多这样的诗。不过，这使他们两个走得更近。哈格德待在吉卜林家的时间和待在自己家的时间一样多。事实上他还和吉卜林一起进行研究，他们两个人分别坐在长桌的两端，反复辩论自己的观念，然后快速地把它们记下来。"

"真有趣。"我说。

"可不是吗？在一九一八年停战后不久，这两个人组织了一个自由联盟，这是一个类似从事反共运动的组织，不过从未真正活动过。有一首拙劣的诗颇能体现自由联盟对时事的看法。你知道那首诗吗？"

"我想我不知道。"

"它的韵押得很巧妙，我想我提过我对优美韵文的崇拜。"

"每个布尔什维克都是无赖,"

吉卜林告诉哈格德。

"喝酒喝个不停。"

哈格德告诉吉卜林。

"然而所有其他人都觉得,"

鲁德亚德告诉莱德。

"他们的领土一片杀伐。"

莱德告诉鲁德亚德。

"很工整,不是吗?我还可以举出其他类似的例子,不过现在还是算了吧。"

我真是感激涕零。我几乎要以为,他把我带到这儿只是为了背诗给我听。不过,至少咖啡还不错。

接着他说:"自由联盟解散后,吉卜林历经了一段极为艰难的日子。他的健康状况不佳,得了胃炎,他当时还以为那是癌症。最后变成了十二指肠溃疡,他渐渐变得抑郁,而这也影响到了他的思想。

"他开始执着于一种奇特的想法,认为大英帝国正被一群猥琐的国际犹太资本家以及犹太中产阶级威胁着。这两股莫须有的力量试图离间帝国在海外的属地,让他们脱离大英帝国,以便摧毁基督教。吉卜林不是那种没有道德的人,对那种人来说,反犹太是天经地义的事。其实反犹太并不是他长久以来的信念,也不曾在任何程度上影响到他的作品。

"不过他的确写过一篇以反犹太为主题的、相当怪异的著作。那是一篇叙事诗,有点像民歌,大约有三千两百行,诗名是《拯救巴克罗堡》。字里行间写的是勇敢的英军如何拯救印度,让他们免于被犹太煽动者挑起的革命所迫害。而且很显然,拯救巴克罗堡不仅仅在这场战争中是关键性的一役,在吉卜林的心目中,它也是有如圣经中末世大决战一般重要。善与恶的力量彼此对抗,决定人类未来的命运。

"你记得《三个士兵》吗?奥瑟瑞斯、利罗伊德和马尔瓦尼?吉卜林让他们成为巴克罗堡一役中的英雄,护教成功并拯救了英王乔治。哦,书中有一些相当刺激的战争场面,有一个'两个勇者面对面站着'的画面,令人想起《东方与西方之歌》,不过可怜的吉卜林在写这篇东西的时候似乎大大地乱了章法。设定荒诞,结构脆弱,不时有可怕且相当失败的自嘲诗句。他常常游走在自嘲诗的边缘,不过这回他失足了。

"也许他自己也发现了这一点,也许他的犹太阴谋论风靡了出版界。不过,他并没有让伦敦的出版商出版《拯救巴克罗堡》。也许他终究有一天会那么做,不过当时他决定只小规模地私人出版这首诗作,以保护他的著作权。"

"啊。"

"真叫人吃惊啊,先生。吉卜林在坦布里奇威尔斯找了一家叫作史密斯维克父子的出版商。我从没听过史密斯维克在这之前出版过任何书。不过他们却出版了这一本，只印了一百五十册。那不是什么精美的版本，因为史密斯维克的能力有限。不过他们完成了任务，而这书也因此变得珍贵起来。"

"一定的，才一百五十本……"

威尔金咧嘴笑了："那只是印制的数目，你想会有多少本存留至今呢？"

"我不知道，《拯救巴克罗堡》？我从没听过这样的书名。"

"我并不惊讶。"

"五十本？七十五本？我不知道会有多少保留下来。"

咖啡壶空了。威尔金皱起眉头按了墙上的服务铃。在侍者一跛一跛地拿着一壶新鲜的咖啡到来之前，他什么话也没说。

然后他继续刚才的话题："吉卜林一九二三年写了这首诗。他原本希望在那一年的圣诞节将诗分赠给好友，不过当史密斯维克印好准备寄送的时候，假期早已经过了。所以吉卜林决定把书保留到下一年的圣诞节。不过在这一年当中，他突然体悟到，这首诗不过是以犹太人为对象的谩骂，是毫无文学价值的狗屁文章。

"根据他的习惯，他会给他的妻子嘉莉一本自己签过名、题过字的书。他把它要了回来。在那年初春的时候，他还给了他萨里郡的邻居,隆斯代尔先生一本作为生日礼物,他也想办法把它要了回来,并答应以他的其他几本书作为交换。这两本以及其他还捆绑得好好的书,加上作者原来的手稿和付印前史密斯维克排好的铅字稿,全部都化成了烟,从贝特曼的烟囱冉冉升空而去。"

"贝特曼?"

"贝特曼是吉卜林房子的名字。有一封没有注明日期的信,是吉卜林写给伦敦友人的,写信的时间应该是一九二四年的夏末秋初。信中吉卜林表示,觉得自己好像是一个犹太教徒却错把儿子献祭给了回教的神。'不过这是个丑笨的孩子,这是我生出的坏儿子,当我将他丢入火中时,我还有一丝的快感。'"威尔金满意地叹了口气,啜了口咖啡,把杯子放回碟子上。"而那,"他说,"就是《拯救巴克罗堡》的下场。"

"除了那本没被销毁的。"

"没错,罗登巴尔先生。莱德·哈格德的那一本还在。吉卜林,当然,在他从史密斯维克那儿收到书之后,立刻就拿了一本给他最好的朋友。是他在回收书的时候忘了这一本吗?我不认为。

"哈格德健康状况不佳。吉卜林将这本书献给哈格德,还在给哈格德的那一本上加了个人题字,那是一段将近一百字的短文,文中推崇哈格德与作者有着相近的灵魂,对犹太人引起的大屠杀所带来的危险有着相同的看法,大概是这一类的文字。我相信得州大学的收藏里会有一封哈格德写给吉卜林的信，表示自己收到了这项赠礼，并赞赏了那首诗。于是，吉卜林也许觉得不好意思把书要回来了。总之，那本书一直在哈格德那里，直到他几年后逝世为止。"

"然后那本书又如何了呢？"

"它和哈格德其他的书一起被卖掉，看起来没人立刻注意到这本书。世上根本没有人知道它的存在，所以毫无疑问，它和吉卜林的其他著作一起被卖掉了，而且没卖几个钱，这我可以确定。直到吉卜林死后——大家都不知道有那本书，只知道吉卜林曾经写过一首反犹的诗。在英德爆发战争时，英国法西斯联盟想要传播这首诗，据传当时尤妮蒂·米特福德[①]小姐已经将哈格德手上的那一本弄到手了。

"然后就全无消息，直到战争结束，哈格德的那一本出现在一位男爵手上，他私下把它给卖了。在这本书以庞桑比勋爵十二世为出售者的名义，列入清单出现在特拉比松拍卖会上之前，应该已经转过几手了。"

"你说它被列在目录里？"

他很快地点了点头："列入清单，编进目录，然后又退出拍卖。六个星期前我搭乘弗雷迪·雷克斯的专机直飞伦敦，就是要竞标这本书。我知道竞争会相当激烈。有

[①] 尤妮蒂·米特福德（Unity Mitford，1914—1948），著名的米特福德姐妹之一，她是纳粹和希特勒的重要资助者。

一位吉卜林的收藏者是相当疯狂的,你知道吗,而且据传他也志在必得。得州大学有一所财源丰沛的图书馆,他们的吉卜林收藏也相当可观。我想其他机构也会有人想买这本书。"

"你觉得你能击败他们吗?"

"我希望一试。我不知道我自己准备出多少钱,当然,我也无从得知叫价会高到什么程度。一到伦敦,我就听说有一名阿拉伯人也想要,还有传闻说有一位印度王子或亲王之类的,派出代表要出天价买下这本吉卜林的巨著。我能拼得过那些人吗?我不知道。《拯救巴克罗堡》的确有趣而且独特,但它的印刷数量不足以让公众觉得它重要,真的,而作品本身从文学的角度来看也相当低劣。"他皱起眉头,两道眉毛微微颤动,"不过,我仍然愿意在公开拍卖中奋力一搏。"

"然而它却退出拍卖了。"

"拥有者在拍卖前突然退出。特拉比松的那位绅士对大家深感抱歉,他个人的愤怒也可以理解。毕竟,他和拥有者的协议是不允许私下交易的。但他又能怎么办?买方拿到了书,而卖方拿到了钱,事情就是这样了。"

"为什么私下交易?"

"税,罗登巴尔先生。税——遗产税、国内税等,税法把大家都要榨干了,不是吗?一大笔没有记录的钱岂不是很美妙?手拿现金在台面下交易,卖主还可以发誓说书还在他家里被奉为传家之宝，或在一次淹水中损毁，随便他怎么讲。没人会相信，但那又怎样？"

"谁买了那本书？"

"特拉比松的老好人们不知道，当然。卖方不会说的——他们的公开说法就是书根本就没卖。"他把胳膊肘撑在桌上，双手的指尖互相轻触，"我自己做了一些调查，《拯救巴克罗堡》卖给了杰西·亚克莱特，一位从事国际贸易的狡猾的艺术玩家。"

"也是个收藏家吧？我想。"

"一个买家，先生，不是收藏家。一个粗鄙、丑陋的人，故意要让自己的周围布满精致的东西，好多少遮掩他内在的丑陋。他有一个大书房，罗登巴尔先生，因为这么做可以符合他希望呈现出来的形象。他有很多书，其中有些颇负盛名，只因为书是书房应该有的东西。但他并不能算是一个收藏家，而且他根本就没在收藏吉卜林。"

"那为什么——"

"为什么他要那本书？因为我想要它，罗登巴尔先生，就是这么简单。"

"哦。"

"你记得旋转珍妮[①]吗？"

"那是一种流行舞步？对不对？"

[①] 旋转珍妮（Spinning Jenny），正确的译法应为"珍妮纺织机"，此处直译为突出伯尼的误读。

他用奇怪的眼神看着我。"那是一种机器，"他说，"第一部可以制造棉线的机器。理查德·亚克莱特爵士在一七六九年取得专利，并开始了英国的纺织工业。"

"哦，是的，"我说，"工业革命什么的。"

"工业革命，"他同意，"杰西·亚克莱特宣称他是理查德爵士的后人。对此我表示怀疑，他姓氏的意思是方舟制造者，所以也许他下次会雇一名族谱学者，把他们家自诺亚以来的族谱都写清楚。"

"他买那本书是为了不让你拥有它？"

"我有一次买了他想要的东西。这回看来是他要对我报复。"

"他不会卖？"

"当然不会。"

"而世上也没有另外一本。"

"半个世纪以来从没出现过第二本。"

"而你现在还想要那本书？"

"想得要命。"

"你今早突然出现在巴尼嘉书店还真是幸运啊。"

他瞪着我。

"你直呼我的名字，在我还没来得及告诉你的时候。你到店里来找的是我而非利泽尔先生。不是因为我卖二手书，而是因为我以前是小偷。你认为我现在仍然是个小偷。"

"我——"

"你不相信人会变。你跟警察一样坏。'一日为贼,终身为贼'——那就是你的想法,对不对?"

"我错了。"他说着垂下了双眼。

"不,"我说,"你是对的。"

5

我不知道是什么时候上床的,但由于某种奇迹,我居然及时起床并在十点半之前开始营业。十点四十五分的时候,我拨了鲁德亚德·威尔金名片上的电话号码。我让电话铃响了整整一分钟才挂掉,然后我拨查号台问马缰俱乐部的电话。查号台是要付费的,而我自己查电话簿可能也花不了多少时间,但我前一天晚上赚了大钱,所以很乐意分享我的财富。

马缰俱乐部的侍者说,他认为威尔金先生不在那儿,不过他会传呼他试试看。时间匆匆过去,侍者终于回来,以相当悲伤的语气说,威尔金先生并未回应他们的传呼,并问我要不要留言。我决定不要。

有几个客人进来店里翻书看。其中有一个看起来有点像偷书贼,当他走向传记和文学类的书架时,我一直盯着他看。最后令我惊讶的是,他花了几块钱买了本麦考利①的历史文集。

十二点刚过,卡洛琳出现在店里,她把一个纸袋放在柜台上。"全麦面包做的中东烧饼,"她宣布,"我现在的心情想要来点特别的。你喜欢中东烧饼吗?"

"当然。"

"那地方在百老汇大街和第十二街的拐角处。我看不出来老板是阿拉伯人还是以色列人。"

"那有关系吗?"

"我讨厌说错话。我本来想说愿阿拉保佑你,但万一那是他最不愿意听的一句话可怎么办呢?所以我拿了找给我的钱就赶紧走了。"

"最安全的选择。"

"嗯。你昨晚错过了一顿很棒的晚餐。我吃了一半炖肉,然后把另外一半冻起来,开始看一个讲三个拉拉队员的喜剧影集。我把声音给关了,但看来效果也差不了多少。看完我早早上床,睡了一个舒服觉,现在感觉棒极了。"

"看得出来。"

"反倒是你,看起来糟透了。喝苏打水会对人造成这样的影响吗?"

"显然是的。"

---

① 麦考利(Thomas Babington Macaulay, 1800—1859),英国诗人、历史学家。

"也许你睡得太多了。有时候就是会这样。"

"有人是这么说的。"

电话响了,我走到后面的小办公室接电话,心想是不是威尔金打来的。结果是个有点上气不接下气的女人,她想知道罗丝玛丽·罗杰斯[①]的新书进了没有。我告诉她我只买卖二手书,并且建议她打电话给布兰坦诺书店。她问我他们的电话号码,就在伸手去拿电话簿时,我突然回过神来,我在干什么啊,接着便挂了她的电话。

我继续吃我的中东烧饼。卡洛琳说:"有什么不对吗?"

"没有啊。为什么这么问?"

"电话响时你是三步并作两步地跨过去的。咖啡可以吗?"

"很好。"

"烧饼呢?"

"美味极了。"

每个星期一和星期三由我买午餐到贵宾狗工厂去和她一起吃。每个星期二和星期四由卡洛琳买午餐到书店来。星期五我们到外面吃,掷硬币决定由谁付钱。当然了,如果有生意上的应酬的话,这个规矩还是可以在最后一刻取消的,比如我前一天就是和威尔金一起吃的饭。

[①] 罗丝玛丽·罗杰斯(Rosemary Rogers, 1932—),美国历史浪漫小说作家。

"哦,"我说着吞下一大口烧饼,"我并没有浪费早上的光阴。"

"我没说你浪费了。"

"我做了一些研究,关于守护神。"

"哦,是吗?我的守护神是谁?"

"我想你没有什么守护神。"

"为什么他妈的没有?"

"我不知道,我查了很多本书,找到了不少零零碎碎的名单。我不知道有没有一个完整的名单存在。"我翻了一下,找到我稍早时候在记事本上做的笔记,"我告诉过你圣约翰的事,对不对?"

"对,不过我忘了。管什么店的?"

"书店的守护神。他于一四九五年生于葡萄牙。先是当牧羊人,后来变成了一个酒鬼和赌徒。"

"挺不错的嘛。然后他开始只喝苏打水,变成了圣人。"

"书上并没说苏打水的事。四十岁的时候他历经了中年危机,并搬到格拉那达。一五三八年他开了一家店——"

"卖书?"

"我想应该是,不过那个时候有书店吗?只有流动书摊吧。总之,两年后他创立了兄弟医护团,十年之后过世,他的照片现在就挂在我的书桌前,如果你愿意的话可以去看。"

"不是很想。这就是你全部的发现吗？"

"不止这些。"我看了一下笔记，"你问是不是有小偷的守护神。那么，圣狄司马斯①是贼的守护神。他是义贼。"

"是啊，我记得他。"

"他也是囚犯的守护神，还有圣约瑟夫·卡法索。贼和囚犯的确有重叠的部分，不过没你想象的那么多。"

"囚犯需要多一个保护神，因为他们麻烦大了。"

"很合理。小偷就是贼，他们说的和做的是同一码事。而且好像并没有专门给小偷的守护神，不过倒是有一个圣唐斯坦。"

"他是谁？"

"锁匠的守护神。小偷和锁匠干的基本上也是同一码事，所以当他们有压力的时候，干吗不向唐斯坦祷告？当然，如果情况真的十万火急，小偷还可以跟圣裘泰迪厄斯或圣乔治祷告。"

"为什么？"

"因为那两个家伙是绝望者的守护神。在我当小偷的日子里，有时候的确用得上他们。不过，我对遗失东西者的保护神，帕多瓦的圣安东尼就所知不多了。"

"所以如果找不到你要找的东西……"

---

①圣狄司马斯（St.Dismas），在《路加福音》中，圣狄司马斯被认为是一个好的、悔过了的贼。

"没错,嘿,你在笑。那表示我得感谢圣维特斯。"

"舞者的守护神?"

"喜剧演员。舞者有别的守护神,但别问我是谁。"

"狗美容师呢?"

"我必须查找更多的资料。"

"女同性恋者呢?你真的找不到任何关于女同性恋的神的内容吗?"

"唔,我的确想到了一个人。但我不知道他的名字,也不知道他是不是个神。"

"女同性恋有一个男守护神?"

"他也许不是神。"

"你别吊我的胃口了,他是谁?"

"那个荷兰小男孩啊。"

"什么荷兰小男孩?"

"你知道的,那个把手指插到——"

"没人喜欢低级笑话,伯尼。圣维特斯也不会喜欢。"

这个下午时间过得飞快,我们没有再多谈守护神的事。我把一沓小开本的折扣书放到架子上,把一套很棒的特罗洛普①的书卖给了一个到处找它的家伙。他开了一张

---

① 特罗洛普(Anthony Trollope,1815—1882),英国小说家。

六十美元的支票给我,然后就把书夹在腋下走了。

我一有空便打电话给威尔金,不过没有一次找到他。由于他一直没有回应马缰俱乐部的传呼,所以我在那儿留话,让他回电话给哈格德先生。我认为这样做颇为巧妙。

电话在四点钟的时候响了。我接起来:"巴尼嘉书店。"有那么一会儿没有任何人答话。我听到对方重重的喘息声,管他呢,我说:"找哈格德先生?"

"什么先生?"

是威尔金,当然。他没有听到我的留言,因为他整天都不在家也不在俱乐部。

他说话好像很吃力,每句话之间会奇怪地停顿一下。我想,应该是在午餐时多喝了几杯马提尼吧。

"你今晚可以跟我碰面吗,罗登巴尔先生?"

"在你的俱乐部?"

"不,那儿不方便。我把我的地址给你。"

"我有啊。"

"你怎么会有?"

"你给过我你的名片啊。"我提醒他,并且把上面的地址读给他听。

"今晚不在那里,"他简短地说。他听起来就像有人在他舌头里用自行车充气筒打了气一样。他接着念了地址,在第一大道与第二大道之间的东六十六街。

"门牌号码是3-D,"他说,"按两次铃。"

"像邮差一样。"①

"什么?"

"我应该几点到?"

他想了一下:"六点半,我想。"

"很好。"

"你会带来的,呃,货?"

"如果你有,呃,现金。"

"绝对不会有问题。"

有点怪,我想,挂上电话。我是那个只睡了四个小时的人,而他听起来却累得半死。

我不知道那个锡克人到底是什么时候出现的。他就那么冷不丁地出现了,在各个书架上东翻西翻。他是个瘦高个儿,满腮的黑须,头上包着头巾。我注意到他了,当然,因为这种事情总是引人注目,不过我并没有一直盯着他看。纽约毕竟是纽约,不过是个锡克教徒,又不是火星人。

快五点的时候店里已经没人了。我用手背挡住了一个呵欠,正考虑要不要提早打烊。就在那时,锡克人突然从书堆里跑出来,站在柜台前面。在那之前我没看到他,还

---

① 此处调侃詹姆斯·凯恩的著名犯罪小说《邮差总按两遍铃》。

以为他已经走了呢。

"这本书。"他说,他把书举着让我能看清楚,书在他巨大的棕色手掌里显得很小。那是一本便宜的平装《森林王子》,我们鲁德亚德·吉卜林老兄的作品。

"啊,是的,"我说,"毛克利,狼养大的孩子。"

他比我想象得还高。我看着他突然想起《孤女安妮》中的某个角色,我忘了他的名字。他穿着灰色西装、白色衬衫,打着一条素面的枣红色领带,头巾是白色的。

"你知道这个人?"

旁遮普,我想起来了。在《孤女安妮》中,他是个纨绔子弟。跟他混在一起的人有爱斯普,还有……

"吉卜林?"我说。

"你知道他?"

"他已经去世了,"我说,"死于一九三六年。"谢谢你了,威尔金,多亏了你的历史课。

那个人笑了。他的牙齿非常大,十分整齐,而且洁白更胜过他身上的衬衫。他长相普通,大而忧郁的眼睛是过时皮草的那种黄棕色,就是雷·基希曼的老婆在圣诞节时不想要的那一种。

"你知道他写的书?"他说。

"是的。"

"你还有其他的书吧,是不是?除了那些在架子上的。"

我脑袋里的某处敲起了警钟。"我的货都在书架上了。"我小心翼翼地说。

"还有一本书。一本私人的书,也许。"

"恐怕没有。"

他脸上的微笑慢慢消失,直到充满笑意的唇线完全消失在黑色的胡须当中。锡克人把他的一只手伸进西装口袋,当手再伸出来的时候,握着一把手枪。他的身体正好挡住路人的视线,而手中的枪则正对着我的胸膛。

那是一支非常小的枪,一支镀镍的自动手枪。有人做那种大小的假枪,是市场上的新鲜玩意儿,不过我有种感觉,这一支并不是打火机之类拿来开玩笑的东西。

那情形看起来原本应该十分可笑,一把这么小的枪握在这么大的手里,不过让我告诉你,枪,当它们指着我的时候,永远不会是可笑的。

"行了,"他耐心地说,"让我们理性点,你知道我要什么。"

6

我想直视他的眼睛,但我的视线无法离开那把手枪。

"是有本书。"我说。

"是的。"

"我放在柜台后面,瞧,因为我个人很喜欢——"

"是的。"

"不过既然你是吉卜林的书迷,而且对他的狂热又这么明显——"

"请给我书。"

在我把书放在柜台上的那一瞬间,他空着的那只手就抄起了它。现在微笑又回到了他的脸上,笑得比之前更灿烂。他试图把书放到他的西装口袋里,但是放不进去。他把书再放回柜台,伸手从西装里面的一个口袋里拿出了一个信封。他的枪还指着我,真希望他别这样做。

"如果你不想找麻烦的话,"他说着利落地把信封摔在我面前的柜台上,"你是个讲道理的人。"

"讲道理。"我说。

"不报警,没有麻烦。"他咧嘴而笑,"讲道理。"

"像布鲁图①。"

"你说什么?"

"不,他是光荣的,不是吗?而我是讲道理的。"书躺在柜台上对我尖叫。"这本书,"我说,我的手挥弄着书本上方的空气,"你在我们国家里是个陌生人,我不能让你——"

他伸手抓起书往后退,白牙凶恶地闪闪发光。当他走到门边时把枪收进口袋里,迅速地闪出店外,朝着十一街往西的方向匆匆走远了。

离开了却令人记忆犹新。

我朝着他离开的方向瞪了一会儿。然后我叹了口气,最后拿起信封,在手中掂掂它的重量,仿佛在看要贴上多少钱的邮票。那是一个类似医生用来寄账单的标准信封——除了左上角没有回邮地址。只是个空白信封,便宜文具店里卖的那一种。

鲁德亚德·威尔金答应给我一万五千美元买这本他渴望已久的书。而我无论如何也无法相信这小小的信封里会有一万五千美元。

我打开它。五十美元的纸币,旧钞,不连号的。

---

①布鲁图(Brutus,前85—前42),罗马政治家,暗杀恺撒的人之一。

有十张。

五百美元。

一笔令人十分不快的买卖。

我把放折扣书的桌子从街上拖了进来。我连一分钟的生意都不想多做,不想去卖那三本一块钱的旧书。我把打烊的牌子挂在窗户上,准备关门,把收银机里的一些钱装到皮夹里,填了一张存款单,好把我卖特罗洛普那套书所得的支票存进去。

我把那十张五十美元钞票对折,塞进了裤子后面的口袋。我从办公桌的抽屉里顺手拿出一本棕色封皮的书,走出店门,开始我每晚例行的锁门工作。

有几分钟我只是漫无目的地走着,顺着百老汇大街往北走,然后再朝东顺着第十三街走,再朝上城的第三街走。十四街和第三街的街角聚集着各式各样沉溺于合法与非法玩意儿的人。嗑药的在过瘾,酒鬼们分饮着酒,一个吃止痛药上瘾的人正体贴地用他的手腕猛敲着砖墙。我整了整我的领带——在我离开书店之前我打上了领带——继续往前走,忍住不用手去拍拍我的裤子口袋以确定钱还在。

五百美元。

五百美元和一万五千美元的确有相当大的差距,更何况后者代表的是一个晚上辛勤工作的丰厚酬劳,而前者却是生命受到威胁的微薄补偿。所以付五百美元买《拯救巴克罗堡》就和一分钱都不付没什么两样。

然而,五百美元对格罗赛特和唐来普再版的《三个士兵》来说,是相当不错的价钱。而那正是我那包着头巾、留着胡子的访客,用枪指着我时拿走的那本书。我相当怀疑那到底是不是他要的书,不过,人嘛,常常事与愿违,不是吗?

我把那本书相当合理地标了一块九毛五的价钱。哈格德版的《拯救巴克罗堡》则好端端地用棕色的牛皮纸包着,夹在我的臂弯下,鲁德亚德·威尔金看到它一定很高兴吧?

事情发展得还真滑稽。

7

当然,时间还早。我和威尔金先生约的是六点半,而我却在五点多一点的时候就关了店门,因为我不想在店里逗留,以免锡克人发现上当了又折回来。

我在墙上挂了个牌子声明货物出门,概不退还,不过我觉得他会希望我对他例外。我安步当车地慢慢走向上城,抵达六十六街和第二大道交叉口的时候,还早了二十分钟。街角的一间酒吧看起来很诱人,于是我接受了它的诱惑。

我工作的时候不喝酒,不过现在不算真正在工作,而且在看过锡克人的自动手枪之后,我觉得需要喝点什么。事实上,我在来上城的路上,已经在第三街的一家酒吧喝了点掺酒精的饮料。现在我想要点比较正式的东西,一杯用冷冻过的高脚杯盛着的干罗布·罗伊鸡尾酒。

我小口啜饮着,心里一边想着,一边屈指算着。

第一,只有鲁德亚德·威尔金知道我会去林园山庄亚克莱特家偷这本书。

第二，威尔金知道我得手应该是在四点。他知道我要去那里，但"他所知道的"离真相还差得很远，而且在他打电话给我之前，他不能确定我的皇后区之行有没有空手而归。更何况，就连亚克莱特自己都还不知道书丢了呢。

第三，锡克人的出现不是一个怪异的巧合——虽然我得承认无巧不成书。但那绝对不是。锡克人在店里找上我，是因为他知道我偷了亚克莱特那本《拯救巴克罗堡》。

思考真是累人，我看了看表，又喝了一口。

假设：锡克人没有特异功能。他知道我有这本书是威尔金告诉他的。

前提：鲁德亚德·威尔金跟那个小气鬼一样都不愿意付一万五千美元。因此一旦确定我拿到书之后，他就派他那忠诚的仆人来替他拿这本书，还让他给我五百美元，摸摸我的头。

想到这个假设的时候，我不禁咬牙切齿，握紧了拳头。我又喝了一点罗布·罗伊，然后深吸了一口气。

反证：这假设不合理啊。如果威尔金要抢我的话，干吗派人来店里？他已经和我约在东六十六街见面了，在那儿他可以轻松地安排一场能够乱真的偷袭。

另一种假设：这锡克人是别人的忠仆。威尔金不是说过在伦敦的拍卖会上有好几路人马都想要这本书吗？有没有可能是其中一个人跟踪书的下落而到了纽约，计划要从亚克莱特手中夺取这本书,结果却发现一个叫罗登巴尔的家伙从他眼皮底下把书给拿走了?

这种假设看来比较合理,不过还有一两个疑点无法解开。我发现我此刻正在想,那个锡克人看到《三个士兵》时会有什么反应。越快把书交给威尔金,拿到那一万五千美元,我就越容易应付他。我觉得,最好的方式就是到哪里度个短假,花掉一点我的酬劳,给他时间冷静下来或离开纽约,或者,两者皆是。

我站起身。

然后又坐下。

我有没有一点怕威尔金呢?我相信他不是锡克人的主子,如果我错了呢?或者他没有派锡克人来,事实上也不知道任何关于锡克人的事,但如果他对于付不付我钱有自己的一套想法呢?有没有可能,我被他优雅的举止和马缰俱乐部的高档环境所蒙蔽了呢?根据我的观察,有钱人跟普通人一样不喜欢付钱。而我却在这里,在他的地盘上和他见面,把书带给他,就像一条忠实的狗,嘴里叼着晚报。天哪,我甚至无法证实威尔金真的有一万五千美元,更何况他到底会不会把钱给我呢!

我走进男洗手间,手上拿着书。当我出来时,却双手空空。我把书塞进皮带和后背之间的腰凹处,即使敞开外套也看不见。

我把酒喝完,很想再喝一杯,不过还是等我把交易办完吧。

事有轻重缓急。

位于六十六街的这幢房子有着雅致的棕色石墙,在会客厅里有一扇放满了盆栽的凸窗。两侧都是比较高的建筑,只有这幢有着棕色石墙的老房子兀自立在中间。我爬了一半的阶梯,研究着一排门铃。

波洛克。3-D。

我按了两下铃。没反应,我等了一会儿,然后看看我的表。六点二十九分,我的表很准。我把手指放在门铃上,试探性地再按了一下,顿时,开门的铃声就响了,我把门推开。

在大厅那一层有两间公寓,两侧的三层楼上各有四间公寓。(地下室有自己的入口。)我爬了两层铺着地毯的楼梯,期望又害怕的感觉越来越强烈。D号在这幢建筑的后方。3-D的门虚掩着。我用手指叩了叩门,立刻就有一位宽肩膀的女人把门拉开。她穿着一条素灰色格子呢裙,上身是一件钉着铜扣的海军领休闲衫。她深棕色的头发非常短,而且剪得参差不齐,看来帮她剪头发的人不是她喝醉的朋友,就是一个非常新潮的美容师。

她说:"罗登巴尔先生吗?请进。"

"我是来见——"

"鲁德亚德·威尔金,我知道。他很快就到,他几分钟前打电话来说他有事耽搁了一会儿。"她突然微笑道,"放心,我会让你宾至如归的。我叫玛德琳·波洛克。"

我握住她伸过来的手。"伯尼·罗登巴尔,"我说,"不过你已经知道了。"

"早已听说过你了。要不要坐一下?我帮你弄杯喝的?"

"现在不要。"我说。我的意思是不要喝的。我坐在一张装饰着绿色合成软皮的扶手椅上。这间起居室虽然小,但看上去相当舒适。除了这张扶手椅之外,还有一张维多利亚式紫檀木的双人沙发,以及一张罩着花布的躺椅。双人座沙发上方挂着一幅下笔大胆的抽象油画,让这些家具显得更加完美。这房间很不错,我这样告诉她。

"谢谢,你真的不要来一小杯雪利酒吗?"

"等一会儿吧。"

收音机里传来古典音乐,一首木管乐器演奏的,听起来像是维瓦尔第的作品。玛德琳·波洛克穿过房间,调整了音量。我对她有种熟悉的感觉,却想不出是为什么。

"鲁德亚德很快就会到了。"她又说了一遍。

"你认识他很久了吗?"

"鲁德亚德?好多年了。"

我试图把他们想象成一对夫妻。他们不像斯蒂夫和伊迪①、鲍伯和卡罗尔、泰德和爱丽丝②那样一看就是夫妻，但也不至于离谱到让人无法想象。他比她大很多，当然。她看起来约莫三十出头，不过我实在不太会猜别人的年纪。

我在哪儿见过她吗？

就在我几乎要开口问的时候，她的双手对拍了一下，仿佛突然发现了新大陆似的。"咖啡。"她说。

"你说什么？"

"来杯咖啡，刚煮好的。喝点吧，好吗？"

我刚才拒绝喝酒，因为我想保持清醒。不过这个理由倒正适合让我喝杯咖啡。我告诉她要多少糖和奶精之后，她就去准备了。我舒适地坐在扶手椅里，听着音乐，想着如果我会吹奏巴松笛该有多好。我曾问过巴松笛的价钱，贵得要命。而且我知道巴松笛很难学，再加上我又不会看乐谱，所以我想我不会真的去买一支巴松笛还去上课。不过每当我在协奏曲或室内乐中听到巴松笛的乐音时，就想如果有一天一觉醒来，发现自己已经拥有一支巴松笛而且还会吹奏，该有多好。

在幻想中事情总是容易得多，所有麻烦的部分都可以省略。

"罗登巴尔先生？"

---

①美国流行歌曲双人演唱组合。
②美国电影《两对鸳鸯床》中的角色。

我从她手中接过咖啡。咖啡装在一个厚实的陶质马克杯里,杯子上画着几何图案。我闻了闻咖啡,做出一副觉得它很香的样子。

"希望你喜欢,"她说,"这是路易斯安那混合咖啡,我最近在喝。里面加了菊苣。"

"我喜欢菊苣。"

"哦,我也是。"她说。听起来仿佛共同的嗜好可以让我们一起干点什么大事业似的。木管五重奏结束了——的确是维瓦尔第的作品,播音员是这么说的,接下来要放的是海顿的交响乐。

我啜了一口咖啡。她问咖啡好不好,我告诉她非常好,虽然我并不这么觉得。在糖和奶精的掩饰之下,还是尝得出来咖啡豆放久了的味道。我想菊苣可能是那种我以为自己喜欢,其实恰恰相反的东西之一。

"鲁德亚德说你带了东西给他,罗登巴尔先生。"

"是的。"

"他看来非常急着想要。你当然带来了吧?"

我喝了更多咖啡,觉得其实没那么难喝。海顿的交响乐一波波涌来,在这间斗室里传出阵阵回音。

"罗登巴尔先生。"

"音乐很棒。"我说。

"书带来了吗,罗登巴尔先生?"

我微笑着。我感觉得到那是一个迟钝的傻笑,但我没别的办法。

"罗登巴尔先生?"

"你非常漂亮。"

"书呢,罗登巴尔先生?"

"我在哪里见过你,你看起来很眼熟。"我把咖啡洒在了身上,不知为什么,我觉得很难堪。我不应该喝那杯罗布·罗伊的,我想,然后玛德琳·波洛克把我手上的杯子拿走,轻轻地放在茶几的玻璃桌面上。

"我总是撞到这类东西,"我承认,"玻璃桌,总是看不到。直接撞上它们。你的头发是橘色的。"

"闭上你的眼睛,罗登巴尔先生。"

我的眼睛沉重地闭上。我努力撑开一点点打量着她。她有一头乱糟糟的橘色鬈发,但当我定睛看时,橘发又消失了,她的头发又变成了深色短发。我眨了眨眼,想要再把它变成橘色的,但还是没变。

"那咖啡,"我说,心里顿时明白了,"咖啡里掺了东西。"

"坐好,放松,罗登巴尔先生。"

"你下药。"我双手握紧椅子的扶手,试图要站起来。可我甚至连背都挺不起来。我的手臂软弱无力,而我的腿则仿佛消失不见了一样。

"橘色头发。"我说。

"闭上眼睛,罗登巴尔先生。"

"得站起来——"

"坐着休息一下。你非常疲倦。"

天哪，她说的是事实。我深深地吸了一口气，用力地摇头，试图让自己清醒一些。但那是个错误——这个动作使我的后脑勺就像点了一串鞭炮似的。海顿的音乐时而低回时而高昂。眼睛又闭上了，我费力地睁开它们，看到她倾身向我，告诉我我是多么的困。

我让我的眼睛睁着。即使如此，我的视线也已经从边缘开始变暗了。然后是东一块西一块的黑色，最后这些黑块聚拢在一起，直到变成一整片黑暗。我只好放弃挣扎，顺其自然，沉沉地陷入椅子里面。

我梦到了土耳其大地震，房子在我四周倒下，圆圆的石头从山坡上滚下来。我拼命想从梦里醒来，就像在水底的泳者挣扎着要浮出水面。土耳其地震是收音机里整点新闻的部分内容。还有比利时国会大选社民党颇有斩获；好莱坞演员因服用过量的安眠药致死；总统可能会否决这个或那个。

一声听起来就在耳边的电铃声打破了单调的新闻报道。我试图睁开眼睛。我头痛欲裂，嘴巴里的味道就像睡着的时候含了个塞住维生素药瓶的海绵一样。铃声又响了一下，我心想，为什么没有人应门呢？

我再度睁开眼睛。显然，我在不知不觉间又睡着了。收音机里的播报员这回正请我订一本野外旅游杂志。我不想订，不过我不知道我有没有力气拒绝。门铃还在响着。真希望玛德琳·波洛克可以从维多利亚式双人沙发里站起来，去开个门或者叫他们别再按铃了。

收音机又开始播音乐了。有小提琴，让人很舒服。我再度睁开眼睛。门铃声停了，楼梯上传来沉重的脚步声。

我还坐在扶手椅里，左手放在我大腿上，像只死掉的小动物。我的右手垂挂在椅子的一侧，手里拿着样东西。

我再度睁开眼睛，摇了一下头。里面好像松脱了一样咔啦咔啦地响。有人在敲门。我希望那个叫波洛克的女人去应一下门，但我看她好像也不比我好到哪里去。

敲门声越来越重了，我再睁开眼睛，这次我试图伸展四肢，希望碰到什么东西好让我抓回一点真正的意识。我猛吸一口气，迅速地眨眨眼，终于想起来我在哪儿，还有我在这里干什么。

我抬起我的左手伸向腰后。《拯救巴克罗堡》不翼而飞。

显然是这样。

"里面的人开门！"

咚、咚、咚，我觉得自己好像《麦克白》里喝醉的挑夫。我叫他们等一下，伸手去检查裤子口袋里那个锡克人给的五百美元还在不在，但我的左手伸不到我右后方的口袋。我为什么要用左手呢?哦,当然。因为我右手拿着个沉甸甸的东西。

"警察!快开门!"

门被擂得更剧烈了。我举起我的右手,那是一把枪。我愚蠢地瞪着它,然后举到眼前去闻枪口。我闻到那特殊的枪油、火药粉和焦味混合在一起的味道,这是一件刚发射过的武器。

我再看了一眼那双人沙发,希望它是空的,希望我之前看到的一切都是幻象。但是玛德琳·波洛克还在那里,她动也不动,我看得出来她根本不可能动,就算我要扶她一把也没有可能。

她的前额正中被射了一枪,就在这可怕的小姑娘蓄着一个小发卷的地方,我很清楚是哪把枪干了这件事。

8

我迅速起身——太迅速了——血液冲向双脚,或者冲向在这种情况下应该冲向的地方,让我几乎又跌坐回去。但我努力维持平衡,想让脑子清楚一点。

收音机仍在响着。我想去把它关掉,但后来还是放弃了。警察还在不断地敲门,并且每两秒钟就撞一下。门随时会被他们撞开,冲进来一堆警察。

我可不想到那个时候还站在这里。

我手上还拿着那把该死的枪。我扔了它,又捡起来,擦掉上面的指纹又再扔掉。我经过收音机,穿过一条短短的走道,两旁分别是浴室、衣橱以及一个开放式的小厨房。走廊的尽头是一间中等大小的卧室,里面放着一张四个角有柱子的床,还有一个宾夕法尼亚产的荷兰式装毯子的五斗柜。距离床较远的那面墙壁上有一扇窗户,外面就是防火梯,我把它打开。

新鲜的空气,凛冽而新鲜的空气。在我的两片肺酣然畅饮之后，感觉脑袋里的蜘蛛网也散去了一些。我爬出窗子，攀到防火梯上，接着把身后的窗子关好。就在窗子关上的那一刻，我隐约听到警察撞开了公寓的门。

现在怎么办？

我往下看，一阵晕眩袭来。我想到那些药瓶上面的标签，警告人们服用后别开车或操作机器什么的。如果觉得头晕，就离摇摇晃晃的防火梯远一点。

我又看了一眼。在我的下面，这道防火梯最终通向一块三面有墙的空地。我可以进到地下室，但我想楼下一定也有警察守着，很有可能是个不想爬两层楼上来的胖子。

于是我开始往上爬，经过四楼，上到屋顶。有人在这里搭了间红木暖房，里面种了许多不同的树和灌木。这里真是非常雅致，但是却有一个问题——我无路可逃。相邻的建筑都比我现在所在的这一幢高一百多英尺，而且如果要从这幢公寓的楼梯下去的话，那扇厚重的安全门又非得有钥匙才能打得开。

如果我带着家伙这根本不成问题，但谁料得到我会需要它们呢？

我又爬下防火梯。到四楼的时候我停了下来，如果我不想冒险去和守在一楼的人硬碰硬，至少还可以闯入地下室，躲在锅炉房里面先避避风头。但真的要那么做吗？真的要急急忙忙地穿过波洛克公寓的窗口，路过很可能早就在那里守候的警察吗？

我花了一点时间察看了一下四楼的这两间公寓。右边的这间——4-D，我想，就在波洛克家的正上方——窗帘是拉着的。我把耳朵贴在玻璃窗上，听到电视机里传来的《欢乐家庭》的声音。至于左边的 4-C，窗帘拉下了不过几码，但我听不到里面有任何声音，从窗边也看不见任何亮光。

窗子当然是锁着的。

如果我有划玻璃的刀，就可以在玻璃面上适当的地方划一个圆，然后把手伸进去打开窗子的锁。如果我有胶带，我可以打破任何一块我想打破的玻璃，而弄出的声音可以不比折断干燥的小树枝大多少。如果我有……

如果愿望都能实现，贼早就发财了。我闭起眼睛踢向一块玻璃，直到玻璃碎裂的声音停止。我把耳朵凑向我踢开的地方听了一会儿，然后把锁打开，把窗子抬起来，把脚跨进去。

几分钟后，我用比刚才传统得多的方式离开这间公寓。我打开门，脚步轻快地下了一层阶梯。在三楼时我碰到了几个穿制服的巡警。3-D 的房门现在是开着的，警察在里面忙活，不过站在走廊里的两个人却没什么事做。

我问其中一个发生了什么事，他撇了撇嘴说，不过是例行公事。我点点头，表示安心，然后下了另外两层楼梯，走了出去。

我想回家。无论家是不是最温暖的地方，都是小偷存放工具的地方。而一名小偷，就像一名工人一样，欲善其事，必先利其器。工具不在身边，我感觉就好像没穿衣服一样。我不知道警察查到我身上了没有，他们不会花太长时间的，这一点我很肯定，不过我相信在他们开始找之前，我还是可以自由进出我的公寓。我的工具在那里，我的现金也在那里，而且我要逃离这个陷阱，我要带好装备，面对未来即将展开的一切。

因为在我看来，未来的一切似乎不太妙。玛德琳·波洛克头上七孔多了一孔，而在那间公寓里，毫无疑问到处都有我的指纹——我喝过的杯子上有，玻璃桌面上有，还有天知道什么鬼地方有。那位把枪塞进我手里的犯罪天才一定非常清楚这一点。

警察一定会问我一大堆问题，却一点也不想听我的解释。而另一方面，我自己也有很多难解的疑问。

谁是玛德琳·波洛克？她在这件事中到底扮演了什么样的角色？她为什么要对我下迷药？杀她的凶手是从哪儿来的？他为什么要杀她？

鲁德亚德·威尔金呢？

还有，锡克人又在这件事中扮演了什么角色？

最后一个问题和前面那些一样难以回答，不过它让我明白，我不能回家。现在那个锡克人还有那个派他来的人一定知道他们被耍了，因此我必须避开任何他们认为可以找到我的地方。店里不能去,当然,也不能回家,因为任何人只要翻一下曼哈顿的电话簿,就可以查到我的住址。

我叫了一部出租车去市中心的第二大道。司机是一名年轻的西班牙裔人士,有着一双相当警觉的眼睛。在他问我要去哪儿的时候,那双眼睛仿佛要把我登记下来似的。

"格林尼治村。"我说。

"哪一片?"

"谢里丹广场。"

他很快地点了点头,于是我们出发了。

卡洛琳·凯瑟的公寓在阿伯巷,格林尼治村到处都是这种龙蛇杂混的巷子,只有下车的地方对了,我才有办法找得到她家。谢里丹广场是错误的下车地点,所以我必须往北走到格林尼治大道,然后往西,再往南,才会看到那条巷子。我不记得她住的公寓是哪一幢了,于是我连续走到好几幢房子的门厅前查看,直到看见标示着她名字的邮箱。我按响了她的门铃。

没有人。我应该先打电话的,不过我没带着她的号码,而她又没把电话登记在电话簿上。想要从查号台查到没登记的号码简直比让骆驼穿针眼还难,即使问登了记的电话也不是件容易的事。我按了几个楼上住户的电铃,直到有人开门让我进去。卡洛琳住在一楼,我看了一眼她门上的锁,转了一下,便离开了。

我去哈得孙的几家五金店看了一下,全都关门了。锁匠倒是有,可难道我要让他把小偷作案工具卖给我?我根本就没向他开口,然后在一家药房买了一些胶带、曲别针和发夹,以及一些修指甲的工具。在烟草店我还买了一组抽烟斗的人用的工具,里面有许多种用来塞烟丝、清烟管的小玩意儿,让你不至于亏待了你的烟斗。它们看起来是用相当高级的钢做的。

我再回到卡洛琳的公寓,再一次打扰她楼上的住户,直到有人再开门放我进去。我走到她的门前忙碌起来。

如果是用我的那串开锁工具的话,这整个过程要不了五分钟。但是用这些从药房弄来的替代品,得花上十分钟,在此期间有两个人进来,有一个人离开。如果他们之中有任何人看到我的话,一定是太讲礼貌了,不愿意弄得众人皆知。我从容地完成工作,进入她的屋子。

挺舒适的。非常有格林尼治气质,真的。这是一个大约十五英尺见方的房间,后面连着一间小型厕所,小得你坐在马桶上的时候,膝盖都会顶到门。浴缸是一件有四个爪的古董,放在厨房里,和水槽、炉子、冰箱在一起。卡洛琳将一块三夹板切成和它一般大小,盖在上面,这样她就可以在那儿切菜。墙壁漆成深蓝色,窗棂和暴露于墙外的水管则漆成亮黄色。

我上了厕所,点火去煮剩在炉子上的咖啡——用的是火柴，点火器不管用了，然后让一只猫检查我的身份。它是一只缅甸猫，没什么东西可以吓住它。它的同伴是一只眼神机警的俄国蓝猫，这时正躺在双人床上，跟一条百衲棉被纠缠着。我搔着缅甸猫的耳后，它发出那种猫特有的怪叫声，还用头去摩蹭我的脚踝。我想我已通过检查了。

咖啡好了。我倒了一杯，尝了尝，突然想到了玛德琳·波洛克给我的那杯下了药的咖啡。我把它倒掉，又烧了些水沏茶，水槽上面的架子上有一瓶加州白兰地，我强迫自己只倒了一小口在茶里。

我到波洛克家赴约的时候是六点半，我从那里逃出来的时候正在播七点新闻。然而直到我坐在卡洛琳的藤椅上，把脚跷起来，第二杯掺了白兰地的茶喝了一半，那只俄国蓝猫卧在我大腿上无聊地开始打呼噜，我才再次看了表。时间是九点十八分。

我把猫移动一下，以便去将卡洛琳的收音机调到新闻频道，然后再靠进椅子里。猫也站起来，在我腿上重新占领它的地盘，然后和我一起听着土耳其大地震和总统行使否决权的新闻。还有个愤懑的阿尔巴尼亚人在华盛顿岗绑架了几个人质，而那个身在现场的记者有点不知所云，让我越发搞不清楚状况。我耐心地抚摸着俄国蓝猫，而它的缅甸同伴则坐在书橱顶上哀怨地叫着。

快十一点的时候，我终于听到卡洛琳的钥匙插进锁孔里的声音。那时收音机已经被我转到了一个爵士乐频道，两只猫都在我腿上。她把锁转开的时候我待在原位不动,她开门后我说:"是我,卡洛琳,别紧张。"

"我干吗要紧张?"她走进来,关上门,锁上,"待了很久吗?我刚才在公爵夫人酒吧,你知道那里是什么样子。不过你可能不知道,因为他们不让男人进去。"她脱掉外套,把它挂在门把上,走向咖啡壶,然后蓦地转身瞪着我。"嘿,"她说,"我们是不是有约而我却忘了?"

"不是。"

"兰蒂让你进来的?我以为她去巴斯海滩探望她那个讨厌的姑妈了。她在这儿干吗?然后她是去了布鲁克林还是哪里?"

"我没见到兰蒂。"

"那你怎么进来的,伯尼?"

"可以说是我自己想办法让自己进来的。"

"是啊,但你从哪儿拿到的钥匙?"她对我皱着眉头,然后脸上突然一亮,"哦,"她说,"我知道了。其他人需要钥匙,但你就像鬼马小精灵一样,穿墙而过。"

"也不是。"

猫离开了我的大腿,热情地蹭着她的脚踝,渴望获得食物。她没有理睬。

她说:"伯尼?"

"收音机。"

"呃?"

"它会回答一部分的问题。"

她听了一会儿,充满疑问地抬起头,"听来像蒙克[①],"她说,"不过我不确定,这不像蒙克的曲风那么多变,而且他很多地方是用左手弹的。"

"这是吉米·罗尔斯,不过我不是这个意思。等音乐放完,卡洛琳。"

乐曲放完后,我们听了一段粗制滥造的广告,是关于乘船去巴哈马进行爵士之旅的,而我还得向她解释我指的也不是那个。然后播放的是十一点新闻,也该是时候了。土耳其地震、微不足道的阿尔巴尼亚人、总统可能会行使否决权,然后终于到了这一条特别的新闻:一名有窃盗前科,名叫伯纳德·罗登巴尔的男子,涉嫌与玛德琳·波洛克谋杀案有关。玛德琳·波洛克在她位于东六十六街的公寓中被枪杀身亡。

播音员接着播报其他新闻。卡洛琳在他的下一句话讲到一半的时候把收音机给关了,看了我一会儿,然后走到厨房那儿去喂她的猫。"今天吃鸡肉和鸡肝,"她告诉它们,"你们向来最爱吃的,小家伙。"

她背对着我站了一会儿,手放在臀上,看着那两个小淘气吃东西。然后她走过来,坐在床沿。

"我早该知道那是吉米·罗尔斯的,"她说,"我以前

---

① 蒙克(Thelonious Monk,1917—1982),美国爵士钢琴家和作曲家。

常去布莱德利俱乐部听他弹琴。最近没去是因为兰蒂讨厌爵士乐,不过如果我们分手——我想我们快了,妈的——我会常去爵士俱乐部的。这么说,有坏事发生了,对吗?"

"是的。"

"玛德琳·朵拉克?奇怪的名字。"

"波洛克。"

"还是很奇怪。她是谁,伯尼?"

"你问住我了,我们今天下午才第一次见面。"

"你杀了她?"

"没有。"

她将一条腿跷在另一条腿上,用胳膊肘顶着膝盖,双手像杯子一样撑着她的下巴。"准备好了,"她宣布,"你说,我听。"

"好,"我说,"说来话长。"

9

这真的是说来话长,她耐心地听完了整个故事,只有去拿白兰地瓶子的时候离开过床边一次。我说完之后,她开了一瓶新的白兰地,为我们俩都倒了一大杯。我已经放弃用茶去稀释酒了,而她根本就没这么做过。

"来,敬犯罪一杯,"她说,高举着她的杯子,"难怪我上次那么说的时候你差点洒了你的苏打水。你当时正准备去干一场呢。那就是你不喝酒的原因,嗯?"

"我工作时绝不喝酒。"

"喝酒时绝不工作,我跟你一样。我可花了不少时间去适应呢,伯尼。我真的相信你以前是个小偷,不过现在你不是洗手不干,改卖书了吗?你告诉警察的那些话——"

"那些话从某些方面来说是真的。书店也许赚不到钱,也许赚得到。不过我不太会算账。我买书卖书,也许能赚一些,甚至可以支付租金、电费和电话费等费用。如果我再努力一点,也许我真的能赚那么多。如果我兢兢业业,如果我把平装书上架而不是堆在一起廉价批发,如果我每天仔细阅读那些求购旧书的广告并到处寄发价目表。"

"而你却决定出去闯空门。"

"只是偶尔。"

"特殊情况。"

"是的。"

"让收支平衡。"

"嗯。"

她皱着眉头思考,然后挠了挠头,喝了一小口白兰地。"我想,"她说,"你来这儿是因为对你来说这里比较安全,是吗?"

"是的。"

"嗯,酷。我们是朋友,对不对?我知道这表示我在窝藏逃犯,不过我不在乎。朋友不就是要互相帮助嘛?"

"你是万里挑一的朋友,卡洛琳。"

"完全正确。听着,你爱待多久就待多久,我不会问你任何问题,不过我的确有些问题要问,如果你不愿意回答的话就算了。"

"你问什么都可以。"

"南达科他州的首府是哪里?不,认真点,朋友。你为什么要拖到亚克莱特回家?为什么不像兔子一样快去快回?我一直以为小偷都是尽量避免碰到人的。"

我点点头："那是威尔金的主意。他希望不要让亚克莱特发现书被偷了。如果我不偷其他东西，不弄乱房间，如果亚克莱特睡前打桌球的时候书还在那儿的话，那么在他发现书被偷之前至少还有一整天的时间。威尔金当然知道他是嫌疑最大的人，因为他是那么的想得到这本书，而且他正好与亚克莱特较上劲了，即使有不在场证明也没什么用，因为亚克莱特知道他会派别人去偷。"

"他正是这么做的。"

"他正是这么做的，"我同意，"不过亚克莱特发现书被偷的时间越晚，他就越难查出书是怎么丢的，是什么时候丢的。而威尔金也就有更充裕的时间把它藏到一个再也不会被人发现的地方——"

"那就是为什么你只拿书而没碰其他东西。"

"是的。"

"好吧，这部分弄清了。但威尔金怎么了？"

"我不知道。"

"你认为是他杀了她吗？"

"我觉得不是。"

"为什么不是？他安排这场会面，他让她对你下药，然后在你昏迷的时候杀了她。"

"为什么？"

"陷害你啊。把你从这件事中排除出去。"

"那为什么不直接杀了我？"

"我不知道。"她苦恼地啃着食指的关节,"这个亲爱的波洛克不可能凭空冒出来。威尔金叫你去她那儿,她在你的咖啡里下药,她一定也要这本书,因为她在你昏昏睡去之前就问你要了。你昏迷后她就搜你的身,然后把书拿走。"

"或者是杀她的人干的。"

"你没听到枪声?"

"完全没有。也许他用了消音器,但如果他用了消音器的话,那就说明他是有计划的。而他也拿走了书和锡克人给我的五百美元。"我耸耸肩,"我一直觉得再版的《三个士兵》卖五百块是太贵了点,钱怎么来的就怎么去吧。"

"话是这么说。也许是锡克人杀了她。"

"你为什么会这么想?"

"也许他们是一伙的,最后他却出卖了她。"她优雅地耸耸肩,"我不知道,伯尼,我只是随便想想。不过她一定和威尔金有牵连,你不认为吗?"

"我也这么想。确实是他将我引到她的公寓,不过——"

"不过什么?"

"不过为什么他不干脆买下这本书呢?"

"也许他负担不起。不过你是对的,对他来说那是最简单的方式。他已经先付过你订金了,对不对?他还欠你多少?"

我什么都没说。

"伯尼?"

我叹了口气。"就在昨天,"我说,"我还告诉一个顺手牵羊的人,说他太笨了不够资格当贼。原来他并不是唯一的笨贼。"

"你没有——"

"我没有拿一分钱订金。"

"哦。"

我耸耸肩,叹口气,喝了点酒。"他是马缰俱乐部的会员,"我说,"有一点英国腔,穿着非常讲究。"

"所以呢?"

"所以我被他的外表蒙蔽了,就是这样。他以高超的手腕完全回避了订金这个话题。我不知道是怎么回事,不过我走进那间屋子的时候,可是两手空空什么也没捞,天哪,卡洛琳,我甚至还先投资了汽油钱和过桥费。我开始觉得自己真是个笨蛋。"

"威尔金骗了你。他设了一个局,让她解决你,然后他杀了她,让你当替罪羊。"

我考虑着这种可能性。"不是这样。"我说。

"不是这样?"

"我认为不是这样。干吗要利用她呢?他自己对付我跟让她对付我一样轻而易举。还有,我跟他最后一次通电话的时候,他安排我在她的公寓会面,当时他说话有点词不达意，我还以为他喝了酒。"

"所以呢？"

"所以我敢打赌他们也给他下了药。"

"就像他们迷晕你一样？"

"也不一定。是不同的药，不然那可怜的王八蛋是没办法说话的。我不知道她给我吃的是什么，肯定是药效很强的玩意儿。它让我产生幻觉。"

"像迷幻药？"

"我没吃过迷幻药。"

"我也没吃过。"

"而且这种幻觉也不是那种墙上会出现活生生的动物之类的。而是在我昏迷之前意识整个被扭曲了。比如，我听到的音乐声忽大忽小，她的脸仿佛融化了似的，但那只是发生在我昏倒的前一刻。"

"你还说她的头发之类的。"

"对，她的头发总变成橘色的。但其实非常短，是深棕色的，不过我的脑海里不断闪过她头发变成橘色的画面。然后我眨眨眼，她的头发又变成了深色的短发。哦，天哪。"

"怎么了，伯尼？"

"我知道在哪儿见过她的了。她确实有橘色的鬈发。肯定是假发。"

"你指深色短发？"

"我指橘色头发。她来过我的店里,而且戴着橘色的假发。很确定那是同一个女人,宽肩、壮硕,有着线条很硬的方下巴——我相当确定那是她。她一定来过店里三四次。"

"和鲁德亚德·威尔金一起来的?"

"不,他只来过一次。然后我们当天就一起在马缰俱乐部吃午饭了,之后我们又在俱乐部喝过一次酒,在电话上谈过几次。她来过店里——嗯,我不知道我是什么时候开始注意到她的,不过一定是上个星期。然后昨天她买了一本维吉尔的《牧歌集》,文化遗产俱乐部出版的。就是她,绝对没错。"

"她那时在干什么?"

"查探情况,我想。和我带着记事板去林园山庄的目的一样——勘查。怎么样,我可以打开收音机吗?"

"干什么?"

"午夜新闻。"

"已经午夜了吗?当然可以,打开吧。"

我把猫移走,打开收音机。我坐下后猫又跳回我的大腿上继续呼噜呼噜地睡觉。新闻和十一点报的大同小异,只除了阿尔巴尼亚人在未伤及任何人质的情况下缴械投降了。他之所以发狂显然是因为他得知他的情人劈腿了,这使他成为了另一个男人的情人的情人,诸如此类的。玛德琳·波洛克仍然死亡,而警方也仍然在通缉伯纳德·罗登巴尔。

我再把猫移开,关掉收音机,然后又坐回去。卡洛琳问我被警察通缉的感觉如何,我跟她说糟透了。

"他们怎么知道是你的,伯尼?指纹吗?"

"或是皮夹。"

"什么皮夹?"

"我的皮夹呀。那个搜我身的人拿到的——玛德琳·波洛克或是那个凶手。他们拿了书、五百美元和皮夹。也许有人把它藏在了警察一定找得到的地方。"

"警察到的时候你不是应该还昏迷不醒吗?"

"也许皮夹是为了以防万一。也许凶手是无意间拿了皮夹,而其中却有可让我获罪的东西,比如威尔金给我的名片或我自己写的小纸条。"我耸耸肩,"我想现在皮夹可能在任何地方,我想我应该在我的万事达卡被盗刷一大堆飞机票之前先想办法止付,那应该是我首先要做的几件事之一。"

"可以理解。"她又把下巴支在手上,身体前倾,一双蓝眼睛盯着我,"那你最先要做的是什么?"

"呃?"

"首先要做的事情。你要做什么呢?"

"问住我了。"

"在你思考的时候再喝一杯如何?"

我摇摇头:"我喝得够多了。"

"我早在两三杯之前就喝够了,不过我不想让那种小事阻止我继续喝下去。"她拿起瓶子为自己倒了一杯,"你可以知道什么时候喝够了,于是就不喝了?"

"当然。"

"真令人佩服,"她说,她啜着白兰地,透过杯缘看着我,"你觉得除了那个姓波洛克的女人之外,还有其他人在那间公寓里吗?"

"没有吧,不过在她死之前我根本没穿过客厅往前走。我以为只有我们两个在那里等威尔金来。"

"凶手可能在另一个房间里。"

"确实有可能。"

"或者她的确是一个人,她将你迷昏后拿走了书、钱和皮夹,然后她正要出门的时候走进来了一个拿枪的人。"

"没错。"

"谁?锡克人?威尔金?"

"我不知道,卡洛琳。"

"她为什么戴假发?我是说,她又不是你认识的什么人,对不对?所以为什么要伪装自己呢?"

"又问住我了。"

"锡克人呢?他是不是也是假扮的?也许锡克人就是鲁德亚德·威尔金。"

"他有胡须还包着头巾。"

"胡子可能是假的啊,头巾可以戴上也可以拿下啊。"

"锡克人比较高大,至少六英尺四,也许更高。"

"你没听过增高鞋吗?"

"威尔金不是锡克人,"我说,"相信我。"

"我一直都相信你。不过说另一个问题,你怎么洗清你的冤屈?去报警吗?"

"那是我绝对不能做的事。他们会以一级谋杀罪逮捕我。我可以抗辩以获得较轻的罪,或者赌我的律师有办法搅乱陪审团,不过代价是我的未来二三十年都可以免费吃公家的、住公家的。我可不想那样。"

"我明白,天哪,你难道不能——"

"我难道不能怎样?"

"告诉他们你刚刚告诉我的事情?别管我刚刚问你的问题,好吗?都是白兰地的作用。他们为什么要相信你呢?除了一个剃狗毛的女同性恋之外,没人会相信你的故事。伯尼,一定有解决的办法的,但那他妈的是什么?"

"找到真凶。"

"哦,当然,"她说着用手拍了下前额,"我为什么没想到?只要找到真凶,解开这个谜,把偷走的书拿回来,不就都解决了?就像电视上演的,对吗?在最后一段广告前,一切事情都会解决。"

"还有下集预告,"我说,"别忘了。"

我们又谈了一会儿。后来卡洛琳开始接连地打着呵欠,我也被她感染了。我们于是同意我们俩都该睡一会儿。我们现在一事无成,而我们的头脑已经累得无法正常运转了。

"你留在这里,"她说,"你睡床。"

"别傻了,我睡沙发。"

"你才别傻了,你有六英尺长,这张床也是。我身高五英尺,而沙发刚好五英尺。幸好锡克人没来,否则没适合他睡的地方。"

"我想——"

"行了,沙发非常舒服,我经常睡呢。每当我跟兰蒂爆发中度争吵时,我就窝在那儿睡。"

"什么是中度争吵?"

"就是不至于让她回到自己公寓的那种。"

"我不知道她还有自己的公寓,我以为你们同居在一起。"

"我们是的啊,不过她在莫顿街还有一个落脚处。比这个还小,你能相信吗?谢天谢地她还有个自己的地方,这样我们分手时她就可以立刻搬回去。"

"也许你今晚应该待在那里,卡洛琳。"她正要说什么,但我又接着说下去,"如果你待在她那里,你就可以置身事外。但如果你在这里,那么你就毫无疑问是窝藏逃犯,那——"

"我愿意冒这个险,伯尼。"

"那么——"

"另外,兰蒂也有可能没去巴斯海滩。她也许在家。"

"你难道不能跟她住吗?"

"如果同时还有另外一个人的话就不能。"

"哦。"

"是啊,我们生活在一个有无限可能的世界里。你睡床,我睡沙发,行不?"

"行。"

我帮她把沙发铺好。她走进厕所,出来的时候穿了件丹顿博士牌的睡衣,紧皱着眉仿佛警告我不可以笑她。我没有笑。

我在厨房水槽洗了把脸,关了灯,脱得只剩下内衣,然后钻进被子里。有一阵子两个人谁都没开口。

然后她说:"伯尼?"

"嗯?"

"我不知道你对女同性恋者了解多少,不过你也许知道我们之中有些人是双性恋。大部分时候是同性恋但偶尔也会想跟男人上床。"

"呃,我知道。"

"我不是那样的哦。"

"我不认为你是,卡洛琳。"

"我是绝对的同性恋。"

"我也这样认为。"

"我知道那是毋庸置疑的,但我的经验是许多毋庸置疑的事还是说清楚比较好。"

"我明白。"

又是一阵沉默。

"伯尼?她拿走了五百块钱和皮夹,对不对?"

"我告诉你,我皮夹里另外还有两百块钱呢,她给我喝的那杯咖啡还真贵啊。"

"你怎么付的出租车钱?"

"呃?"

"去城里的出租车啊。还有你拿什么买药房里的那些用具来开我的锁?你用什么买的?"

"哦。"我说。

"你在鞋子里放钱以防万一吗?"

"嗯,不是,"我说,"那听起来是个不坏的主意,不过不是这样的,卡洛琳。"

"那么?"

"我跟你说过防火梯的事儿,不是吗?我是如何爬上屋顶结果无路可逃,然后又爬下去进到四楼的一间公寓?"

"你是这么说过。"

"嗯,呃,既然我已经在那儿了,我,呃,就花了几分钟四处看了一下。开了几个抽屉。"

"在四楼的公寓里?"

"是的,一个五斗柜的抽屉里有一些零钱,不过厨房的一个茶罐里倒还另有一些。如果你知道有多少人把钱藏在厨房里,你一定会大吃一惊。"

"你拿了钱?"

"当然,我拿了六十多块。不够我退休的,不过搭出租车和买药房里的那些东西是足够了。"

"六十块钱。"

"好像六十五块吧。还有一个手镯。"

"手镯?"

"无法抗拒,"我说,"那儿还有其他珠宝,不过都没引起我的注意,然而这个手镯——嗯,我早上再拿给你看。"

"你早上会给我看。"

"当然,记得提醒我。"

"天哪!"

"怎么了?"

"你真的偷了东西。"

"唔,我是个小偷啊,卡洛琳。"

"我还得花点时间适应呢。你是个小偷,你在别人家里偷东西。那就是小偷干的事,他们偷东西。"

"通常是这样。"

"你把钱拿走是因为你需要它们。你自己的钱不见了而你必须躲开警察,那些钱又正好在那儿,所以你就拿了。"

"是的。"

"而你拿了手镯是因为——你为什么要拿手镯,伯尼?"

"嗯——"

"因为它也刚好在那儿,就像珠穆朗玛峰。但它是手镯不是座山啊,你不是攀登它而是偷它。"

"卡洛琳——"

"没关系,伯尼。你很诚实,我会习惯的。你早上会给我看手镯?"

"如果你现在就想看的话也可以。"

"不,早上看也不晚,伯尼。伯尼?"

"干吗?"

"晚安,伯尼。"

"晚安,卡洛琳。"

10

这是个喋喋不休的晨间节目,所报道的天气和交通信息远远超过任何人的需要。我得知迪根少校高速公路现在十分拥堵,降水概率是百分之三十。

"天气预报真是越来越狡猾了,"我对卡洛琳说,"你注意到了吗?他们再也不告诉你天气到底会如何,只告诉你概率。"

"我注意到了。"

"那样他们就永远不会出错,因为他们什么也没说。如果他们说降雪概率是百分之五,结果雪埋掉了屁股,他们也算预测到了。他们已经把天气预报变成了某种和老天爷玩的赌博游戏了。"

"还有一个松糕,伯尼。"

"谢谢。"我拿起来,涂上奶油,"这全都是因为这个国家的道德沦丧。"我说,"彩票,非法赌博,大西洋城的赌场。你可不可以告诉我百分之三十的降水概率是他妈的什么意思？我该怎么做？带三分之一把伞？"

"新闻来了，伯尼。"

我吃掉松糕，边喝咖啡边听新闻。我对天气预报的愤怒并不持久。我感觉很舒服。我睡得很好，完全没被打扰，而且卡洛琳的咖啡既没掺菊苣，也没掺迷药，让我的眼睛睁得又圆又大。

于是我睁大眼睛坐着，听我自己是如何从防火梯进入六十六街的房子，先光顾了四楼亚瑟·布林夫妇的公寓，在那儿偷了数额不明的钱，一个钻石手镯，一块伯爵手表，几件不同款式的珠宝，还有一件俄罗斯黑貂长大衣。然后我下到3-D，由于被玛德琳·波洛克撞见我在偷东西，因此被我用一支口径点三二的自动手枪射杀。我丢下手枪，带着赃物，在警察抵达前从防火梯逃逸。

播音员开始播另一条新闻的时候，我把收音机关了。卡洛琳的脸上有着好笑的表情。我把手伸进裤子口袋里拿出那个手镯，把它扔到卡洛琳面前的桌上。她把它拿在手中转动，钻石的光在闪耀。

"漂亮，"她说，"值多少钱？"

"我大概可以用它换几百块钱，最近经过设计的钻饰蛮流行的，不过我是因为喜欢它的样子才拿的。"

"嗯，大衣是什么样子？"

"我根本连衣橱都没打开看过。哦，你以为——"我摇头，"国家道德沦丧的又一证据。"我说，"我只拿了现金和手镯,卡洛琳。至于其他东西,我看是布林夫妇想从保险公司那里捞一笔。"

"你是说——"

"我是说他们认为既然这些年来参保了窃盗险并一直付保险费,现在终于被偷了,所以为何不好好利用一下?一件大衣,一块手表,几件珠宝,还有,他们申报的现金损失一定比真正被偷的钱多,即使保险公司压低一点,他们最后还可以至少拿到四五千。"

"天哪,"她说,"全世界都是骗子。"

"也不尽然,"我说,"不过有时看来的确是这样。"

她洗盘子的时候我把床铺好,然后坐下来喝最后一点咖啡,并试图思考该怎么着手。看来有两条线索可以追查,玛德琳·波洛克和鲁德亚德·威尔金。

"如果我们知道他在哪儿,"我说,"也许就可以查到些什么。"

"我们已经知道她在哪儿了。"

"但我们不知道她是谁,或她本来是谁。真希望我的皮夹没丢,里面有他的名片,地址是在东三十几街,不过我不记得到底是哪条街第几号。"

"这可不好办。"

"也许我还能记得电话号码,我昨天打了好几遍呢。"

我拿起电话,拨了前三位数字,希望后面几个号码会自动浮现在我的脑海里,不过最终我还是放弃了,把话筒放了回去。电话簿上没有他的名字,查号台当然也没有。不过电话簿上有一个麦·波洛克,我无意识地拨了列在它后面的号码,让它响了几下就挂掉了。

"也许我们该从锡克人开始。"卡洛琳建议。

"我们连他的名字都不知道。"

"也是。"

"报纸上应该有关于她的消息,收音机只能告诉你最简单的东西,但《纽约时报》上一定有更多的信息。比如她在哪儿工作,结婚了没有之类。"

"威尔金是马缰俱乐部的会员。"

"是的。"

"这么说我们两个都有事可做啦,伯尼。我一会儿就回来。"大约十分钟后她带了两份报纸回来。她读《每日新闻》,我读《纽约时报》,然后再交换。

"没什么线索。"我说。

"不过还是有一点。你要负责谁,威尔金还是波洛克?"

"你不需要去帮狗剪脚指甲吗?"

"我负责威尔金,你负责波洛克,伯尼,这样好吗?"

"好。"

"我想我会去他的俱乐部,也许可以查到一点东西。"

"也许。"

"你呢?你不会离开这间公寓,是吗?"

我摇摇头:"我会试试能不能用电话查到些什么。"

"听起来是个好主意。"

"也许我还会祷告。"

"向谁祷告?圣狄司马斯?"

"可以。"

"或是失物的守护神,因为我们要把那本书找回来。"

"帕多瓦的圣安东尼①。"

"对。"

"事实上,"我说,"我还想到了圣雷蒙德·诺纳特斯,被栽赃者的守护神。"

她看着我:"这是你编的吧。"

"我是被栽赃的。"

"这不是你编的?"

"不是。"

"真的有——"

"真的有。"

"好吧,管他呢,"她说,"祷告吧。"

---

①圣安东尼(Anthony of Padua,1195—1231),圣安东尼是出生于葡萄牙的圣人,以助人寻找失物而著名。很多天主教徒如果遇到失窃,都会向他救助。

她离开公寓后几分钟,电话响了。响了五分钟之后终于停止。我拿起《纽约时报》的时候它又响了十二次。我曾在哪儿看过,说电话铃响十二次的时间大约是一分钟。我告诉你,感觉上可比一分钟长多了。

我继续读《纽约时报》。报道说玛德琳·波洛克四十二岁,是一名心理治疗师。《每日新闻》也说了她的年龄,但并没有透露她的职业。我试图想象她拿着一本记事簿,用略带维也纳腔的口音,问我做了些什么梦。她在哪儿有间办公室吗?那张维多利亚双人沙发和传统分析师的躺椅可有很大的差别呢。

也许威尔金是她的病人,他原原本本地告诉了她他是如何的想到《拯救巴克罗堡》那本书,于是她将他催眠,叫他打电话给我,后来他醒过来将她杀了,把书拿回去,然后……

我打电话给《纽约时报》,接通了某个跑纽约市新闻的记者。我说我是克里夫兰一家报社的记者,叫亚特·马特洛维奇,我们认为波洛克女士可能以前是克里夫兰的居民,问他们是否有关于她的其他一些资料而没有登在报上的。

他们的答案多半是否定的。没有任何关于亲戚的消息,至于她十四个月前租下六十六街公寓之前住在哪里,也没有人知道。所以更无从得知她之前是否住在克里夫兰,还是从别的什么地方搬去俄亥俄州的,他们什么都不知道。

打到《每日新闻》的电话也毫无所获。接电话的男人说,他不知道《纽约时报》从哪儿知道波洛克是心理医师的,他怎么有个印象觉得她是某人的情妇,不过他们并没有去深入挖掘这条新闻,因为她不过是被闯空门败露后愤而行凶的惯偷所杀。"不是什么大不了的新闻,"他说,"我们登出这条新闻是因为它发生在上东区。你知道,那里是高级住宅区,我不知道该说它相当于克里夫兰的哪里。"

我也不知道,于是放下不提。

"这个罗登巴尔,"《每日新闻》的那家伙继续说道,"他们明后天就会把他抓到,然后这新闻就告一段落了。没有感情纠纷,没有什么煽情的东西。他只是个贼。"

"只是个贼。"我重复了一遍。

"只不过这次他杀了人。这回他们可饶不了他,他的名字以前就在报上出现过,行窃的时候被牵扯到凶杀案里。到目前为止他总是能顺利脱身,不过这次他可逃不了喽。"

"别那么肯定。"我说。

"嗯?"

"我的意思是世事难料,"我马上说,"现在罪犯钻司法漏洞的技巧可是越来越高明了。"

"天哪,"他说,"你的口气好像是在写我们的社论。"

我刚把电话挂上,它又响了起来。我拿起一壶刚煮好的咖啡,电话铃声停了。我走过去,正要再拨一个电话时,它又响了。我等它停止,然后打了个电话给警方。这次我是《明尼阿波利斯论坛报》的菲尔·厄班尼克,在克里夫兰那头一无所获,所以打电话到纽约来碰碰运气。结果一个警察把我推给另一个警察,拿着电话等了很久,就在我几乎认定他们除了玛德琳·波洛克已经死了之外没有任何其他信息的时候,最后一个和我谈话的警察让我确定了另外一件事情。

"毫无疑问,"他说,"是罗登巴尔杀了她。一枪毙命,近距离,正中前额。法医报告说是立刻死亡,其实即使不是医生也可以确定这一点。他在两幢公寓都留下了指纹。"

"他真是太不小心了。"我说。

"越老越马虎,少了那种细致。他以前是那种作案时一定戴着橡皮手套,不留下任何指纹的人。"

"你认识他?"

"不,可我看过他的档案。你会发现他十分狡猾,还有他总是与暴力保持距离。不过这次他却马虎得不仅留下了指纹,还杀了个女人。你知道我认为是什么原因吗?我猜是毒品。"

"他吸毒吗?"

"我猜他肯定是吸得神志不清了。吸毒之后兴奋起来可是什么都干得出来的。"

"枪是怎么回事？是他的吗？"

"也许是他在那儿发现的。我们还没去查枪的来源，也许是那个姓波洛克的女人用来防身的。枪没登记，但那能代表什么？也许那是他从楼上偷来的。楼上那对夫妇说不是他们的，不过如果那是没登记的武器，他们自然不会承认。话说回来，你对枪有什么看法？"

"只是随便聊聊。"

"你刚才说明尼阿波利斯？"

"是的，"我镇定地说，"那么，我想这些已经足以让这则新闻充满家乡气息了。我可以说嫌疑人即将被逮捕归案了吗？"

"哦，我们会抓到他的，"他向我保证，"像罗登巴尔这样的坏蛋是习惯的产物，他就那么几招，我们会抓到他的，那是迟早的事。"

她开门的时候我站在门后。她走进来叫着我的名字。

"在你后面。"我小声地说。她把手捂在胸口，仿佛要按住心脏别让它跳出来似的。

"天哪，"她说，"别这样。"

"对不起，我不能确定是不是你。"

"还会有谁？"

"也许是兰蒂。"

"兰蒂。"她愤愤地说。那两只猫出现了,在她脚踝边跑来跑去,"兰蒂,我想她连电话都不会打吧,她打来过吗?"

"也许有,电话响过很多次,但我都没接。"

"我知道你没接。我自己打过两次,没人接,但我知道你并没有把电话拿起来。不过我后来又想,也许你得了幽闭恐惧症,出去散步了呢?然后我回家,没看到你,可你却突然出现在我身后。别再那样做了,嗯?"

"我不会了。"

"今天可忙了,现在几点?快两点了?我跑遍了所有地方,发现了一些东西……这是什么?"

"我要你帮我打一个电话。"

她接过我给她的一张纸条,看着我说:"你难道不想先听听看我发现了什么?"

"等一下,我要你打电话给《纽约时报》,在他们下班前登一则广告。"

"什么广告?"

"我刚刚给你的,登在私人广告栏。"

"你的字真够潦草的,应该去当医生,有人告诉过你吗?'欢迎参加吉卜林社巴克罗堡之旅,意者请致电九八九五四〇。'这是我的电话号码。"

"没错。"

"你要把我的电话登在报上?"

"不可以吗?"

"有人看到后会到这里来。"

"怎么来?爬电话线过来吗?电话又没登记。"

"不,这部电话是登了记的。这个地方是向二房东租的,伯尼,所以电话登记的还是内森·阿拉诺的名字。我就是向这家伙租的房子。这就像有了不登记电话的好处却不用付出额外的代价一样,每当我接到要找内森·阿拉诺的电话时,我就知道是有讨厌鬼叫我订什么我不想要的鬼东西了。总之,这部电话是登了记的。"

"所以呢?"

"所以地址就在电话簿上。内森·阿拉诺,阿伯巷六十四号,还有电话号码。"

"所以有人会看到广告,然后查遍整个电话簿上的号码,直到找到这一个,是吗,卡洛琳?"

"哦,从号码查不到地址?"

"查不到。"

"哦,我希望没有人真的去查整本电话簿的号码,因为阿拉诺①可是在最前面。"

"也许他们会从后面开始。"

"希望如此。这广告——"

---

①阿拉诺的英文是 Aranow,按字母顺序应该在号码簿的前面。

"好像很多人都很想弄到这本书，"我解释道，"各路人马，至少在我看来是这样。但只有一个人知道我手上没有这本书，所以如果我给他们一个印象，表示书在我手上，也许某个人或某些人就会跟我联络，而我也就能知道到底是怎么回事了。"

"有道理。那你为何不自己去登这则广告？怕《纽约时报》分类广告部的人认出你的声音？"

"不是。"

"那么他们会说：'啊哈，是伯纳德·罗登巴尔，那个小偷，让我们通过电话线把他抓起来。'天哪，伯尼，你认为我对电话号码太过偏执，而你自己却不敢打电话？"

"他们会打过来。"我说。

"嗯？"

"如果你刊登的是一则有电话号码的广告，为了证实不是有人在开玩笑，他们会打一个电话过来。刚才电话一直响，而我却没有接，我想到《纽约时报》一定会打电话来确认，但我怎么知道电话是不是他们打的？偏执，或许吧，但看起来等你回来打这个电话似乎要简单得多，不过我现在已经开始怀疑了。你会帮我登这则广告的，是不是？"

"当然。"她说，电话铃响了，她伸手去接电话。

"喂？"然后她接着说，"听着，我现在不能跟你说话。你在哪儿，我过一会儿打给你。"停顿。"有人在？

不,当然不是。"停顿。"我那时在店里。哦,好,我整天进进出出。一件事接着另一件事。"停顿。"妈的,我不能再聊了——"她把话筒从耳旁移开,恳求似的看着我,"她挂断了。"她说。

"兰蒂?"

"还会有谁?她以为我旁边有人。"

"是有啊。"

"是啊,不过她以为你是个女人。"

"一定是我的声音太尖了。"

"嗯?你什么都没说啊。哦,我知道了,你在开玩笑。"

"本来就是个玩笑。"

"是啊。"她看着话筒,摇摇头,挂上了它。"她早上一直打电话过来,"她说,"还打到店里,我不在,很显然的,现在她以为——"她嘴角的弧线慢慢上扬,最后终于灿烂地展了开来。"怎么样,那女人吃醋喽。"

"那样好吗?"

"太完美了。"电话又响了,是兰蒂。我尽量不去注意她们的对话。卡洛琳的最后一句话是:"哦,你有权知道谁在我这里?很好,让我告诉你谁在我这里。我那住在巴斯海滩的姑妈来了。你以为你是全曼哈顿唯一有住在巴斯海滩的神秘姑妈的女人吗?"

她挂断电话,容光焕发。"给我那个广告,"她说,

"快,在她再打来之前。你不会相信她吃醋吃得多厉害。"

她登了广告,回了对方打来查证的电话。然后她开始准备午餐,先把面包、乳酪摆在桌子上,再打开几瓶果酱,这时电话又响了。"兰蒂,"她说,"我不接。"

"很好。"

"你整个早上就在听这个,嗯?电话铃就那样响着?"

"也许有十次八次吧。就那么多。"

"关于玛德琳·波洛克有什么发现?"

我告诉她我打的那几个电话。

"没什么嘛。"她说。

"几乎是一无所获。"

"我知道了一点有关你朋友威尔金的事,不过不知道有没有帮助。他不是马缰俱乐部的会员。"

"行了,我在那儿和他吃的饭。"

"是吗?纽约的马缰俱乐部和伦敦一个叫庞德克斯特氏的俱乐部有合作关系,你听说过吗?"

"没有。"

"我也没听过。马缰俱乐部的人提到那个名字就像日常用语般的熟悉。他们和伦敦的三个俱乐部有互通会员的制度,他告诉我。白氏、庞德克斯特氏,还有海豚。三个我都没听过。"

"我想我听过白氏。"

"无论如何,那是威尔金得以享有会员权利的原因。"

不过我以为他是美国人。"

"我想他是。他有点英国腔，但我觉得那是故意装出来的，也许是在补习班里学来的。"我回想起我们的对话。"不，"我说，"他肯定是美国人。他曾提过飞去伦敦参加拍卖会，提到英国人的时候还说他们是'湖对岸的表兄弟'。"

"真的？"

"真的。他应该是美国人，但却属于一个伦敦的俱乐部，并且用伦敦俱乐部的会员资格来享用马缰俱乐部里的权利。我想那是可能的。"

"很多事情都有可能。"

"那么，你知道我在想什么吗？"

"他是个冒牌货。"

"他是个骗得我晕头转向的冒牌货，对，就是这么个人。天哪，我越想就越觉得他是个冒牌货。我竟然被他骗得去偷书，连一分钱订金都没收。突然之间他所说的一切在我眼前土崩瓦解。去他的哈格德和吉卜林，还有那些他引用的诗句。"

"你觉得那全是他编造出来的吗？"

"不，不过——"

"别烦我，尤比。你根本就不喜欢贾尔斯伯格。"尤比是尤比奎图斯（Ubiquitous）的简称，意思是无所不在，这是那只俄国蓝猫的名字。贾尔斯伯格是我们正在咀嚼的奶酪的名字。(不是那只缅甸猫,如果你有疑问的话。缅甸猫的名字叫阿齐。)

她对我说:"也许那本书根本就不存在,伯尼。"

"我亲手拿过,卡洛琳。"

"哦,是的。"

"之前我也这样想过,盘算过各种可能性。譬如说那不是一本真的书,而是内页被挖空,里面放了海洛因什么的。"

"是啊,那也是不错的想法。"

"可那是个愚蠢的想法,因为我确确实实翻过那本书,还读过里面的片段,那确实是一本货真价实的旧版书,我甚至还想过这会不会是赝品。"

"赝品?"

"当然,如果吉卜林毁掉了《拯救巴克罗堡》的最后一本,如果根本没有所谓的莱德·哈格德留下来的那一本,或者的确是有这么一本,但已经永远消失了。"她鼓励般地不断点头,"那么,"我继续,"如果有人坐下来伪造文字。那将是个浩大的工程,写那么长的叙事诗,但吉卜林不是这个世界上最难模仿的作家。有些诗人的确可以在写问候卡的工作之余,写出那样的作品。"

"那又如何?"

"如果你拿原始手稿去卖很容易让人起疑,但如果是印刷的——"我摇摇头,"问题就出在这里,你可以用印刷的方式弄出一本书来，你也可以把它装订好然后用各种方法把它弄得很旧，你也可以伪造给莱德·哈格德的题字，以掩人耳目。但你知道问题出在哪里吗？"

"听起来很复杂。"

"是的，太复杂而且太昂贵了。就像那些三流电影里的坏蛋，为了偷十万块的东西，所做的精细准备工作和购置设备就花了一百万。任何像我刚才说的那样制造出一本书，并且只卖一万五千美元的坏蛋，一定是疯了。"

"也许它比那个价码更值钱。一万五千只是你和威尔金谈的价格。"

"那倒是。一万五千这个数字并不具有任何意义，到目前为止我连闻都没闻到，不是吗？"我叹了口气。充满了渴望的味道吧，我想。"不，"我说，"我一看就知道那是不是旧书。我每天都要看几千本旧书，旧书和新书是不一样的，妈的。五十年前和五十年后的书纸就是不一样。当然，他们可以用旧书的纸，但还是没必要这么麻烦。那是本真正的书，卡洛琳，我可以确定。"

"说到你每天都看的旧书。"

"怎么了？"

"有人在监视你的店。刚才我到店里去了一下，我必须给一只狗做清洗，因为联络不上它的主人取消接狗的时间。我看到有人坐在你的店对街的一辆车里，我第二次经过那儿的时候他还在。"

"你看清楚他的长相了吗?"

"没有,我也没记下车牌号码,我应该那么做的,不是吗?"

"为什么?"

"我不知道。"

"也许是警察,"我说,"在监视。"

"哦。"

"也许我的公寓也被监视了。"

"哦,他们都是那样做的吗?"

"电视上是那么演的。稍早之前跟我谈话的警察说,如果我回到我的老巢,他们就会抓住我。我想告诉他我没有什么老巢,但我想他指的是我的店和公寓。"

"或是这里。"

"嗯?"

"我们是朋友,你常到这里来,如果他们和足够多的人谈过,他们就会找到这里来,是不是?"

"希望不会。"我说,这时电话响了。我们两个互看了一会儿,一点儿也不快乐,两人一语不发,直到电话铃声停止。

11

六点十五分,我坐在位于七十街和西端大道拐角处一家叫作"赤焰"酒馆的吧台上。面前放着一杯咖啡和一个梅子牛角面包,而我对它们都没什么兴趣。另外还有两个客人,一对十几岁的情侣坐在后面的包厢里,他们只对彼此有兴趣。柜台后面的侍者对什么事都没兴趣;他站在咖啡壶旁边嚼着薄荷味道的牙线棒,凝视着对面的墙,那儿有一幅浮雕,画面上是一群有着橄榄色皮肤的年轻人在希腊山坡上追逐着羊群。他不时地摇摇头,显然怀疑自己在这里干什么。

我一直看着窗外,心里也有相同的问题。从我坐的地方往上城方向看去,大约一个街口远的地方就是我家。稍早前我在人行道上已经近距离看过一遍了,但还没有近到足以让我看清楚附近有没有警察在监视。理论上应该没什么关系,不过理论上大黄蜂应该不会飞,所以你对理论还能有什么信心呢?

那对情侣中的一个咯咯地笑了起来。侍者打了个呵欠，抓抓痒。我朝窗外看了第四十一次，看到卡洛琳在半条街外，在西端大道上朝南走来，一手提着我的小手提箱。我把钱放在柜台上，走出去和她碰头。

她神采飞扬。"小事一桩，"她说，"没什么嘛，伯尼，干小偷很简单呢。"

"你有我的钥匙，卡洛琳。"

"它们的确有帮助，毫无疑问。不过，我还是得把对的钥匙插进锁孔啊。"

"你轻而易举地就进到屋里了？"

她摇摇头："赫施太太实在太完美了。门卫透过对讲机跟她讲话，她让我上去，然后在电梯里和我碰面。"

我稍早的时候打电话给赫施太太安排了这一切。她是一名寡妇，就住在我的对门，她看来像是那种可以将朋友和邻居情谊看得比偷窃这个缺点更为重要的人。

"她不需要见你。"我说。

"她想确定我找对了门。不过我认为她其实是想要看清楚我长什么样子。她有点担心你，伯尼。"

"妈的，我也有点担心我自己。"

"她认为你已经改邪归正了，有个书店什么的。昨晚当她在新闻里听到了波洛克谋杀案之后便开始担心。不过她认为你没有杀任何人。"

"她真好。"

"我想她喜欢我。她请我进去喝咖啡,不过我告诉她现在不是时候。"

"她煮的咖啡很棒。"

"她也是这么说的,还说你非常喜欢她煮的咖啡,说你需要的就是一个全天候为你煮咖啡的人。我感觉她好像认为住在西区却在东区偷东西是罗宾汉似的侠盗行为,但年轻人到了生命中的某个时刻还是应该要考虑结婚安定下来。"

"你们俩处得还真好。"

"唔,我们只聊了几分钟,然后我就闯进你的公寓了。"她提了提箱子,"我想我什么都拿了。闯空门的工具,小型手电筒,所有你提到的东西。还有衬衫、袜子和内衣。装衬衫的抽屉里还有一些现金。"

"有现金?我想是有一些。我总会在那儿放几块钱。"

"三十八块。"

"那就是吧。"

"我拿了。"

"哦,"我说,"嗯,我认为拿不拿没什么差别,不过拿了倒也不错。"

她耸耸肩。"你说你总是会把现金拿走,"她说,"所以我就拿了。"

"那是条不错的原则。你知道吗?我们绝对不要搭出租车。"

"下雨的时候绝不要。我们可以搭地铁吗？不，不能招摇过市。有没有公交车可以到七十九街？"

"当你因谋杀罪被通缉时，搭公交车并不是一个好主意，实在太公开了。"

"我想我们迟早得搭出租车。"

我一手提着箱子一手挽着她的手臂，"管他呢，"我说，"我们开车。"

那辆庞帝克还在我当初停放的地方。有时拖吊部门的效率不会那么高，这回这辆庞帝克的车主就是他们怠惰的受益者。我把靠人行道那边的门弄开，让卡洛琳进去，她坐进去帮我开另一边的门时，我顺手把压在雨刷下面的罚单拿了下来。

"瞧，"有一个人说，"你被开罚单了吧，我不是告诉过你会被开罚单的吗？"

我一开始没认出这个人是谁，然后我看到了他手上绳子尾端的拳师狗。

"早晚会的，"他告诉我，"他们要是把车拖走，你怎么办？"

"再弄一辆车。"我说。

他摇摇头，不耐烦地扯着拘绳。"行了，麦克斯，"他说，"有些人就是没办法跟他们讲道理。"

我坐进车里,直接用电线发动引擎。卡洛琳看着整个过程惊讶不已。直到我驶离路边之后她才开口问我,那个人是谁,想干什么。

"他想帮助我,"我说,"不过他是个不折不扣的讨厌鬼。不过那只狗还好,它的名字叫麦克斯,我是说狗的名字。"

"它看来还好啊,"她说,"不过它应该会很难洗。"

我把庞帝克留在一个汽车站附近,然后准备离开。卡洛琳说车可能会被拖走,我说就算被拖走也没关系。我从手提箱里拿出了工具和零件,然后把箱子和箱子里的衣服留在那辆庞帝克的后座。

"如果他们拖了那辆车,"她说,"如果他们从洗衣店的标签得知衣服是谁的,那么他们就会知道你在这里,那——"

"你电视看得太多了,"我说,"车子被拖后,他们会把它放在哈得孙码头那儿等车主去认领,但不会去检查车里有什么。就算后备箱里有具尸体他们也不会知道。"

"我真希望你没说这话。"她说。

"后备箱里没有东西。"

"你怎么能确定?"

我们转过街角。似乎没有人在盯着这幢有着棕色石墙的雅致公寓。一个女人站在会客厅的角窗前,用一只长嘴浇花壶浇着盆栽。浇花壶是闪亮的铜做的,一盆盆的植物绿油油的,整个场面洋溢着中上阶层居家的静谧。而我站在外面看着这一切,而且被雨水渐渐淋湿,我觉得自己好像是小说中维多利亚时代的街头儿童。

我往上看,三楼和四楼的窗户透出灯光,不过并看不出什么。让我感兴趣的是后面的公寓。

我们走进门厅。"你不需要跟进来。"我说。

"按门铃,伯尼。"

"我是认真的,你可以在车里等。"

"真是妙极了,我坐在一辆停在车站的赃车里会安全吗?我为什么不在地铁里等?我还可以搭地铁逃之夭夭呢。"

"你可以在街角的酒吧里等半个小时。万一我们走进一间全是警察的公寓该怎么办?"

"按铃吧,伯尼。"

"我实在不愿意让你惹上麻烦。"

"我也不愿意,不过我们可以像以前那样配合啊,不是吗?我分散其中两个人的注意力,让你在楼下从容办事。以前我们就这样干过,伯尼,那时行得通,现在也一样。如果你对什么是危险、什么不危险如此在意的话,我可以告诉你,花六个小时站在大厅里争辩可能也挺危险的,所以,何不就按铃让我们继续呢?"

于是，我按了波洛克家的门铃。我按了三次，等了半分钟，然后又轻轻地，很正常地按了一次。我其实并不希望有人应门，果然没人应门，值得高兴。我的手指从波洛克家的门铃移到布林家的门铃。我按了一声长两声短，"哗"的开门声仿佛紧接着就响了。我一推，门就开了。

"讨厌。"卡洛琳说，我看着她。"唔，我本来以为我可以看到你如何撬开这扇门呢，"她说，"不过如此。"

我们上了楼梯，在三楼可以窥见3-D房门的地方停下来。正如我预料的，警方在门上贴了封条，门被看上去很官方的东西贴住了。我可以用童子军刀划开，但我没办法不因此而毁了这个封条，让大家知道我来过了。

于是，我们再往上爬一层楼。4-C的门关着，卡洛琳和我对视了一眼，然后我伸出一只手去敲门。

门开了，亚瑟·布林一只手扶在门把上，另一只手示意要我们进去。"进来，进来，"他着急地说，"别一直站在外面。"他匆匆把门关上，急得差一点打到卡洛琳，他把门给关上、锁好，拴上了门链。"你可以放心了，吉特，"他叫道，"是那个小偷。"

他们是一对可爱的夫妇。都是五英尺六英寸高，都胖嘟嘟的像熊猫。两人都有着卷曲的深褐色头发——虽然布林先生前额的头发已经掉得差不多了。她穿普通人造纤维质地的深绿色裤装，他穿着灰色细格子呢的背心和长裤。他那白衬衫领口的扣子没扣，领带因为想舒服点而松开了。她倒了咖啡，并且将苏格兰小面包推到我们面前。他告诉我们，一而再再而三地说，看到我们就放心多了。

"因为我告诉吉特，万一这是个陷阱呢？万一是保险公司在试探我们呢？毕竟，坦白地说，罗登巴尔先生，谁听说过这种事情？一个小偷打电话来，说你好，我是你们的好朋友小偷，如果你们跟我合作，我就不会向保险公司的人揭发你们虚报失物的恶行。我以为像你这种惹上一身麻烦的小偷，正在因为杀了一个女人或其他什么鬼事情而被通缉，是不会找上门来大声嚷嚷说你根本没偷皮草或手表什么的。"

"而且我想，"吉特说，"你为什么要到这里来呢？'他想要杀人灭口，'我这么告诉亚瑟，'记住，他已经杀了一个了。'"

"我说我们看到什么了吗？我告诉她，说别想那么多。希望真的只是那个小偷，而不是保险公司的调查员。你不介意来点小面包吧，小姐？"

"非常好吃，"卡洛琳说，"伯尼从没杀过任何人，布林太太。"

"叫我吉特，亲爱的。"

"他从来没杀过人，吉特。"

"我相信你，亲爱的。见到他，看到你们两个，我是百分之百地安心了。"

"他被陷害了，吉特，这是我们来这儿的目的，是要找出杀了玛德琳·波洛克的真凶。"

"如果我们知道的话，"亚瑟·布林说，"相信我，我会告诉你的，但我们知道什么呢？"

"你们跟她住在同一幢房子里，你们一定知道一些她的事情。"

布林夫妇对视了一眼，然后几乎同时耸了一下肩。"她不是住在我们正下方，"吉特解释说，"所以即使她举办喧闹的宴会，整晚放音乐什么的我们也不会知道。"

"就像姆波卡先生。"亚瑟说。

"住在3-C的，"吉特说，"他是非洲人，唔，在联合国工作。有人说他是个翻译。"

"他会打鼓。"亚瑟说。

"我们不知道呢，亚瑟。不知道他究竟是在打鼓还是在放打鼓的唱片。"

"没什么不同。"

"不过我们没跟他讨论过这件事，因为我们想那可能和他的宗教有关，所以我们不想干涉。"

"还有吉特认为他是食人族，所以不敢跟他讲话。"

"我没有以为他是食人族，"吉特抗议，"谁说我以为他是食人族来着？"

我清了清嗓子。"也许你们两位可以和卡洛琳谈谈波洛克小姐,"我建议道,"如果可以的话,我想离开一会儿。"

"你要用洗手间吗?"

"逃生梯。"

布林先生对我皱了一下他的眉,然后又放松下来,使劲地点点头。"哦,是的,"他说,"一开始我还以为——算了,管他是什么,逃生梯,当然,就在卧室里面。你知道怎么走,对不对?昨天你还在这儿呢。我们心里有点发毛,你知道吗?想到曾经有别人闯到你的公寓里。当然现在不会了,因为我们认识了你,你和卡洛琳在这里。不过在我们刚发现的时候——你可以想象得到。"

"一定很沮丧。"

"正是如此,沮丧,吉特叫管理员来修那块玻璃,不过叫他做任何事情都好像拔牙一样困难。通常只有在圣诞节前才叫得动他,所以我们得赶紧自己想办法了。我现在是用垫衬衫的硬纸板粘在上面的,好让风雨吹打不进来。"

"很抱歉,我必须打破玻璃。"

"没事,难免的。"

我把窗子打开,抬起,跨出去爬到逃生梯上。雨比刚才大了一些,外面很冷,风又大。布林先生在我身后把窗子又关了起来。在他正要把窗子锁上时,我伸出食指叩了叩玻璃。他发现自己错了,于是不再锁窗,微笑着摇摇头,仿佛对自己的健忘十分无奈。他自顾自地咯咯笑了起来，而我则顺着钢梯往下走去。

这次我可是装备齐全。我拿着划玻璃的刀和一卷胶带，靠着它们，我悄无声息地顺利取下一块波洛克家的窗玻璃。然后我旋转把手，抬起窗子，进到屋里。

"那就是我刚才讲的，"吉特说，"听，你听到了没？"

"鼓声。"

她点点头。"那就是姆波卡。你听得出来是他在打鼓还是放唱片？我听不出来。"

"你在楼下的时候他也在打，"卡洛琳说，"我个人认为是他在打鼓。"

我说我也听不出来，而且我在波洛克家没办法听见他的鼓声。

"这里的墙隔音很好，"亚瑟说，"只有透过地板或天花板才听得见。从这一点上说，这里算是相当实在的建筑。"

"大部分时候我并不在意鼓声，"吉特说，"我会放些与鼓声节奏协调的音乐，只有在半夜的时候我会受不了，不过我并不想抗议。"

"他认为或许那时正是非洲的下午。"

我们费了一番工夫才离开那里。他们不断给我们小面包和咖啡，十分认真地问一些有关小偷这一行的细节问题。最后我们终于设法突围往门边走。一路上我们连声互道再见，走到门廊时，吉特突然迟疑了一下，亚瑟随即抓住了我的袖子。

"那么，伯尼，"他说，"我们表现得还好吗？"

"当然，亚瑟。"

"保险公司那方面……"

"别担心，皮草、手表，和其他东西，我会支持你的说法。"

"那我就放心了，"他说，"我一定是疯了，才多报失了那么多东西，不过如果我现在进行更正的话，岂不是疯了？毕竟我们交了那么多年的保险费是干什么的，对不对？"

"对极了，亚瑟。"

"事情是这样的，我很不愿意提，不过刚才你在楼下的时候，吉特想到了那只镯子。"

"怎么了，亚瑟？"

"你拿的那只镯子，是吉特的。我想它值不了多少钱。"

"几百块。"

"有那么多吗？我想不值那么多。那是她母亲的。事情是这样的，我在想我们拿回它的可能性有多大？"

"哦，"我说，"我明白你的意思。唔，亚瑟，我现在有点麻烦。"

"可以想象。"

"不过等事情都解决之后,我相信我们可以好好商量。"

他拍了拍我的肩膀。"好极了,"他说,"慢慢来,一点都不急。"

12

那辆庞帝克既没被拖也没被开罚单,就在汽车站那儿等着我们呢。手提箱一动不动地挤在后座的地上。卡洛琳惊讶不已,不过一切都在我的预料之中。那辆车仿佛有什么东西可以激励信心。

在回市中心的路上,卡洛琳告诉了我吉特跟她讲的话。我在楼下玛德琳·波洛克的公寓里时,吉特叫卡洛琳到厨房里去,说是要抄食谱给她,其实是要说一些见不得人的八卦。她神秘兮兮地说,那位死掉的玛德琳·波洛克不是什么好女人。

"吉特说得很暧昧,"卡洛琳说,"我不知道那个波洛克到底是不是妓女,不过我得到的印象是,她的生活似乎绕着男人转。吉特每次碰到她都看见她跟不同的男人在一起,我想她的房租就是那样付的吧。"

"并不令人意外。"

"哦,不过我倒是挺惊讶的,"她说,"我没见过波洛克,不过根据你的形容,她应该不是个偷偷摸摸的人。你口中的她好像可以在老电影里扮演坏心肠的狱卒似的。"

"那是心情不好的时候。心情好的时候她可以演《飞越疯人院》里的护士。"

"伯尼,我承认我不知道什么样的男人会去找她,因为我从来没关心过这样的事情,不过她听起来不像是靠身体付房租的人。"

"你没看过她的抽屉和衣橱。"

"哦?"

一辆出租车忽然停在我们前面。我把方向盘往右打,敏捷地绕过它。毫无疑问,我想,这辆庞帝克和我是绝配。

"很多性感内衣。"我说。

"哦?"

"少得不能再少的布料。枣红色薄纱和黑色蕾丝边,罩杯的布还可以掀开。"

"男人会为之疯狂吧?"

"可以想见。还有一些吊带袜、几件紧身束腹,不过得是工程系的毕业生才搞得清楚那是用来干吗的。"

"紧身束腹?"

"还有几双跟鞋有六英寸高的长靴,一大堆皮质品,还有装饰着金属扣的各式手环和脚链。"

"开始有眉目了。"

"真的吗？还有呢，那活色生香的小衣橱里放着贴身黑色橡胶皮衣，一整套的皮鞭和铁链，或者委婉地说，有一抽屉类似军事用品的东西。"

她的手捻了一下想象中的小胡子，"这个波洛克，"她说，"喜欢玩SM。"

"是个名副其实的SM女王，"我说，"看到这些怪异的事，还真是越来越吸引我了。"

"我很惊讶这些事没上报，'东区施虐女王杀人事件'——这应该是《每日新闻》随便哪一天第三版上的好标题。"

"我想过那个问题，但表面上什么也看不出来啊，卡洛琳。我第一次到那儿的时候，看到的是一个布置得很有品位的公寓。记住，警方认为这是一桩极其简单的案子，一个女人在她的公寓里，因为碰巧撞见正在行窃的贼，所以被射杀了。他们没有任何理由去搜她的公寓。而且她的确是住在那里的，那不是她的办公室。她衣柜里也有正常的衣服，厨房的碗橱里放着盘子，浴室镜子后的柜子里放着牙线。"

"有没有找到现金？有珠宝吗？"

"厨房里有个罐子是她平常放零钱用的。在卧室的一个抽屉里随意放着一些珠宝，不过看起来都不值几个钱。我什么都没偷，如果那是你问这个问题的重点的话。"

"我只是好奇。"

我们的身后传来警笛声,我靠向路边让他们先走。一辆蓝白相间的巡逻车与我们擦身而过,疯狂地哀鸣着,同时飞快地闯过一个红灯。我在这个红灯处停下来,就在我们等它变绿的时候,两个巡警就在我们面前穿过马路。留八字胡的那位正耍着他的警棍。有那么一会儿他转过身来正好看着我们,卡洛琳紧紧抓住我的手臂,直到他和他的搭档过了马路为止。

"天哪。"她说。

"别担心。"

"我几乎可以在他的脑袋上看到一个灯泡的图案了,就像漫画里一样。你确定他没认出你?"

"确定。不然他会走到车子这边来瞧个仔细。"

"如果那样你会怎么做?"

"我不知道,闯红灯吧,也许。"

"天哪。"

我觉得我们应该换个话题。"我想要给你一个礼物,"我说,"一件皮草,非常时髦的。"

"我不喜欢皮草。"

"这件真的很棒,上面的牌子还是阿尔文·泰尼鲍姆的。"

"这么棒啊?"

"他是最好的皮草设计师,我对皮草不怎么了解,不过我知道什么是好牌子。这件非常漂亮,我想是加拿大猞狸的毛吧。怎么了？"

"那是一种猫，伯尼。别告诉我它有多漂亮了，猞猁跟山猫差不多，穿一件猞猁的毛皮做的外套，就好像拥有一个人皮做的灯罩一样。它们到底美不美已经不是重点了。"

又一阵警笛声在远处呜呜叫着，那是救护车的声音。近来救护车警笛的声音变得像战争片中德国纳粹秘密警察的一样。

这个想法和卡洛琳人皮灯罩的画面混在一起之后，使我不得不再换一个话题。"假发在那里，"我急忙说，"橘色的，她戴去书店的那一顶。所以并不是迷药把我弄恍惚了，的确是她买了维吉尔的《牧歌集》。"

"她一定是怕有人认出她来。"

我点头："她可能是先戴着假发来买书，免得我在下一次的会面中认出她，不过那不太合理。我认为她是怕威尔金认出她来。他们一定互相认识，因为是他叫我到她的公寓去的，不过我希望能有更实际的证据去证实他们俩之间的关系。"

"譬如？"

"照片，譬如说，我本来希望找到一堆能讲故事的照片。有一衣橱皮鞭和铁链的人应该很会用拍立得照相，可是我一张都找不到。"

"就算有照片，那个凶手也可能已经拿走了。"

"可能。"

"或者根本就没有什么照片,如果她一次只跟一个人做,那么根本就没有人可以负责拍照啊。你看到照相机了吗?"

"一台都没有。"

"那么也许根本就没有照片。"

"也许没有。"

我转向十四街,朝西开去。卡洛琳用奇怪的眼神看着我,我在红灯前停下来,转头看她正端详着我,脸上的表情看起来心事重重。

"你知道一些我不知道的事。"她说。

"我知道怎么开锁,仅此而已。"

"还有别的。"

"只是你的想象罢了。"

"我可不这么认为,你原本非常紧张,但是你现在已经是一副轻松愉快的样子了。"

"只是自信,以及一种幸福的感觉,"我告诉她,"别担心,我会没事的。"

在她公寓附近有一个合法的停车位,至少早上七点之前是合法的。我把庞帝克停进去,拿了手提箱上楼。

猫咪在门口迎接我们。"好孩子,"卡洛琳说着伸手去摸它们的头,"有人打电话来吗?你们有没有照我教你们的记下来啊?伯尼,如果现在不适合喝酒,那么卖酒的广告可就误导我们太多年了,你要喝点吗?"

"当然。"

"苏格兰威士忌?加冰?加苏打?"

"要,要,不要。"

她准备酒的时候我打开手提箱,然后坐下来好好地放松自己,喝了好几盎司的威士忌。我等着让酒精松弛我绷紧的神经,不过还来不及起作用我就突然站了起来。

卡洛琳对我扬起了眉毛。

"车。"我说。

"怎么了?"

"我想把它放回我发现它的地方。"

"别开玩笑了。"

"那辆车帮了我不少忙,卡洛琳,我要还这个人情。"

我站在门口,把手伸到背后的外套下面。在我裤腰和后腰之间夹了一本书,我把它抽出来放在桌上。卡洛琳看看它又看看我。

"我不在的时候给你读的。"我说。

"那是什么?"

"唔,"我说,"不是维吉尔的《牧歌集》。"

13

把车放回去让我感觉十分舒服,千万别不在乎自己的幸运物啊,我对自己说。我想到有的球员在球队一路赢球的时候,不愿意换掉他比赛中穿的球袜。我想,不过现在正是我该换袜子的时候了,不管我是不是正在走运。该冲个澡了,换洗衣物也准备好了。

我在第十大道上往上城开,左手放在方向盘上,右手放在旁边的座位上,手指悠闲地敲打着。在四十街附近的时候我瞄了一眼油表,剩下不到半缸油了。我觉得我应该为这辆车的车主做件好事,于是我转到第十一大道,在五十一街的转角口发现了一家加油站。我叫人把油箱加满,并且检查他们有没有偷斤短两。结果我发现他们想少给我一夸脱,又让他们给补齐了。

我的停车位还在七十四街等我,不过这回没看到麦克斯和它的主人。我把点火线拆开,熄了火,把车锁上,再快步走到西端大道搭上一辆往南的出租车。天空还下着毛毛细雨，不过我没等多久就叫到了车，而且还是一辆大的切克，有让我伸腿休息的空间。

事情开始越来越顺了，我可以感觉得到。

出于习惯，我在离阿伯巷几个路口远的地方就下了车，剩下的路程步行。我按了铃，卡洛琳帮我开了大门，然后在她公寓门口迎接我。她双手放在臀部，眼睛盯着我看，"你真是充满了惊喜。"她说。

"那是我魅力的一部分。"

"老实告诉你，我从来不怎么喜欢诗。以前我有一个爱人总以为她是埃德娜·文森特·米莱①，然后我就对这玩意儿倒足了胃口。你在哪儿找到这本书的？"

"波洛克的公寓。"

"真的吗？伯尼，我还以为是从杰弗逊市场图书馆里借出来的呢。在公寓的什么地方？一眼就可以看得到的吗？"

"不，在衣橱某一层的一个鞋盒子里。"

"对你来说是个惊喜吧？"

"可以这么说，我本来以为会找到一双名牌皮鞋，结果你瞧我找到了什么？"

---

①埃德娜·文森特·米莱（Edna St. Vincent Millay, 1892—1950），美国抒情诗人、剧作家，是美国历史上第一位获得普利策诗歌奖的女性。

"《拯救巴克罗堡》,我没怎么读,只翻了前面三四页,不过并没有越来越好看的感觉。"

"你是对的。"

"你怎么知道书会在那儿,伯尼?"

我走到厨房去帮我们俩弄喝的,给了卡洛琳一杯,并且向她承认一开始我并不知道书会在那儿,而且根本不抱什么希望。"当你不知道你在找什么的时候,"我说,"你就像在探险一样,因为你不知道你会发现什么。"

"当你看到的时候就知道了。我开始相信你过的是多姿多彩的人生了,一开始你登一则广告宣称你有这本书,然后你打开一个鞋盒,书就在那儿。为什么凶手要把书藏在那儿?"

"不是他干的,他没有拿到那本书。"

"是波洛克藏的?"

"一定是,她下药迷昏我,搜我的身,把书拿走,然后塞到衣橱里,在凶手出现在门口前及时把它藏好。当时在公寓里的一定只有她和我两个人,不然他就会看到她把书藏在了哪里。她让他进来,他杀了她,然后把枪放在我手上,走出门去。"

"没有拿书。"

"是的。"

"为什么他杀了她却没有拿书?"

"也许他跟这书一点关系也没有,是为别的理由杀了她。"

"而他刚好闯入了那样的场景,所以决定陷害你,因为你恰巧在那儿。"

"我还没完全想清楚,卡洛琳。"

"看得出来。"

"也许他先杀了她,然后开始找书却找不到。不过那公寓看起来不像被搜过的样子,还是那么整齐,只不过沙发椅上有具尸体。我是说,至少在我醒过来的那一刻是有的。今晚那儿一个人也没有。"

"庞帝克的后备箱里有没有呢?"

我看了她一眼:"不过他们留下了粉笔做的记号,在沙发上和地板上,画出尸体的位置,看着让人心里有点发毛。"我拿起书和酒,走向椅子。阿齐蜷在椅子上。我把书和酒放下,把它移开,自己坐下,它则跃上我的大腿,在我拿起书翻阅的时候,兴味盎然地盯着瞧。

"我发誓它会看书,"卡洛琳说,"尤比对书没什么兴趣,不过阿齐喜欢蹲在我肩上跟我一起看书,或在我怀里一起看,你可以想象一下。"

"猫应该会喜欢吉卜林,"我说,"记得《如此故事》吗? '我是一只踽踽独行的猫,所有的地方对我来说都如此相似。'"

阿齐发出像锯子般的嚎叫。

"当我初见你时,"我说,"我以为你是养狗的人。"

"我喜欢逗狗,但却不想养它们。你为什么觉得我是一个养狗的人?"

"嗯,因为你的店啊。"

"贵宾狗工厂?"

"是的。"

"我能有什么选择呢,伯尼?我不能开一家猫美容店,天哪。猫咪会自己打理自己。"

"有道理。"

我又花了些时间读了几页那本书,觉得很古怪。我翻回书前空白页的地方,读吉卜林致莱德·哈格德的题字。我想象着吉卜林坐在他英国萨里郡家中的书桌前,把笔沾上墨水,俯身在书上题下给挚友的话。我合上书,将它在我手上翻来翻去。

"有什么不对吗?"

我摇摇头,把书放在一边,移开阿齐,站起身来。"我跟猫一样,"我宣布,"现在我要好好打理自己了,我要去冲个澡。"

一会儿之后我又坐回椅子里,这时我已穿上干净的衣服,用自己的刮胡刀好好地刮了下胡子。

"我可以买份报纸,"卡洛琳提议,"已经过十一点了,《纽约时报》应该已经出来了。最早的一版。"

我们刚才已经听过收音机了,没有任何对波洛克谋杀案的报道。我说报纸可能也不会有什么消息。

"我们登的广告会出来,伯尼,在私人广告栏。"

"这个时候在营业的最近的报摊在哪里?"

"格林尼治大道上有一个;不过他们不卖第一版的《纽约时报》,因为他们一两点就关门了。十四街和第八街地铁入口处有一个二十四小时营业的报摊。"

"太远了。"

"我不介意走一走。"

"还在下雨,而且实在太远了,我们为什么非要看到广告不可?"

"确定它登出来了吧,我想。"

"用不着,不管是不是有人看到它,不管电话会不会响,我们能做的就只是坐着等待事情发生。"

"我想也是,"她的声音听起来充满渴望,"只是我们似乎该主动做点什么。"

"今晚我做的事已经够多了。"

"我想你是对的。"

"说实话,坐在这儿不动让我觉得挺幸福的。我想坐在这儿,感觉很清爽。我还想也许待会儿再喝一杯酒,然后就上床睡觉。我甚至不知道有没有人会去看《纽约时报》的私人广告栏,不过我相信不会有人抢着看早晨版的报纸,看有什么人失踪了,或有什么医学实验在找志愿者之类的。"

"那倒是。"

"恐怕是这样的。电话可得等上好一阵才会响呢,卡洛琳。"

没想到电话却偏偏在这个时候响了起来。

我们面面相觑。没有人去接电话而它响个不停。"你去接。"她说。

"为什么是我?"

"因为是要问广告的事。"

"不是要问广告的事。"

"当然是广告的事,不然会是什么?"

"也许是打错电话了。"

"伯尼,看在老天爷的分上……"

我起身去接电话。有一秒钟我什么话都没有说,然后才开口:"喂?"

没有声音。

我又"喂"了几次,每次都用同样冷淡的音调,结果倒是阿齐给了我一些回应。我瞪着话筒看了一会儿,说了最后一声"喂",然后说"再见",挂上了电话。

"有趣的对话。"卡洛琳说。

"幸好是我接的电话,效果截然不同。"

"有人想知道是谁登的广告,现在他们听到你的声音了,于是知道是你。"

"你在片刻的沉默中听出不少玄机嘛。"

"也许还是应该由我来接电话。"

"也许刚才是打错了,或者是变态,我没听到沉重的呼吸声,不过也许他是个新手。"

她正想说些什么,却突然像烤面包机里的面包一样跳了起来。"我还要再喝一杯,"她说,"你要不要?"

"一小杯就行了。"

"他们知道是你,伯尼,现在如果他们从电话号码弄到地址——"

"他们没办法弄到。"

"如果他们是警察呢?警察会叫电话公司跟他们合作的,不是吗?"

"也许,但警察对吉卜林的那本书知道多少?"

"我不知道。"

"他们也不知道。"她递给我一杯酒。分量比我想象中的多了一点,但是我并没有反对。她的紧张会传染,使我不得不借助药物治疗。我的药便是威士忌,喝完了就上床睡觉。

"也许正如我刚才接电话时所说的,"我说,"不过是打错了电话而已。"

"没错。"

"据我所知,那广告在晨间版可能根本就来不及登呢。"

"我可以跑到十四街去看一下——"

"别傻了。"我再度拿起书,发现自己下意识地翻着扉页,想起稍早我也做过一样的动作,坐在我自己的公寓里,手上拿着类似的酒,脸上因为顺利偷到东西而泛着得意的红晕。现在,我又偷了这玩意儿一次,但却再也感觉不到那种令人发昏的兴奋了。

有什么东西在啮咬着我。在意识边缘有一点模糊的想法……

我把酒喝完,什么都不再想。

在那个电话的半个小时之后,我们都上了床。不过我睡床,卡洛琳还是睡沙发。有闹铃装置的收音机播出背景音效似的情调音乐,并且定好在三十分钟之后转成曼托瓦尼的音乐。

当我听到似有若无的脚步声接近门口时,已经快要睡着了。我并没有特别在意,毕竟卡洛琳住的是一楼,整晚都有不同的脚步声逼近门口,只是经过而已,随即便走上楼去。这回脚步声停在门口,就在那个念头进入我脑海时,我听到了钥匙开门的声音。

我坐起来,钥匙在锁孔里转动。坐在我身旁的猫兴奋地打着哆嗦。当另一把钥匙插进另一个锁里时,卡洛琳在沙发上紧张地急忙小声叫着我的名字。

门被打开的时候,我们两个都已经站在地上了。一只手伸向开关打开了我们头顶上的灯,我们站在那里眨着眼。

"我在做梦,"兰蒂说,"这不是真的。"

及肩的栗色头发,高而宽阔的额头,一张鹅蛋脸。大眼睛,现在比平常更大,一张嘴现在呈O形。

"天哪,"卡洛琳说,"兰蒂,不是你想的那样。"

"当然不是,你们两个正在玩纸牌,你们把灯关掉以免打扰到猫。你还会在什么时候穿着你的名牌睡衣,卡洛琳?伯尼喜欢那张坐卧两用椅吗?"

"你完全搞错了。"

"我知道,我这样妄下判断实在太糟糕了,至少你们都穿得好好的。伯尼,可怜的东西,你穿着短内裤会不会冷得发抖啊?你们两个何不搂在一起取暖呢,卡洛琳?我一点都不在乎。"

"兰蒂,你不明白……"

"你说得一点都没错,我一直以为你对自己很了解。这个年纪还有性倾向认同危机是不是太老了点?"

"该死的,兰蒂——"

"真的是该死,的的确确是该死。我在电话里听出那是伯尼的声音,我惊讶得一句话也说不出来。挂掉电话之后我告诉我自己你们两个也许是清白的,你们是朋友啊,我还问我自己干吗那么偏执。但你知道他们说什么吗?卡洛琳,偏执归偏执,但这并不表示没有可能。"

"你听我说好吗？"

"不，你听我说，你这浑蛋。我当时这么想，自己去看看吧，米兰达，你有钥匙，过去看看，加入他们，你就知道自己原本有多傻了。或许更幸运的是，卡洛琳一个人在家，那么你们两个就可以说说笑笑，重修旧好，结果，你真是该死，卡洛琳。这是你的钥匙，该死的。我再也不会破坏你们的好事了，放心吧。"

"兰蒂，我——"

"我说过了，这是你的钥匙，我想你那儿还有我的钥匙吧，卡洛琳，请还给我。现在就还，如果你不介意的话。"

我们试图解释些什么，但却毫无用处。她什么都不想听。她把钥匙还给卡洛琳，把她自己的钥匙塞进口袋里，就像一阵风暴般地走了，摔门的力量足以震动厨房餐桌上的碟子。她怒气冲冲地走下大厅，在走出这幢建筑物之后用力地关上大门。

卡洛琳和我只是站在那儿对看着。尤比已经躲到床下面了，阿齐站在沙发椅上试探性地喵了一声。几分钟后卡洛琳走到门边把门给锁上。

14

私人广告在《纽约时报》第二沓的倒数第二版,和航运新闻以及其他较重要的东西放在一起。我们的排在第三个,前面是一个父亲请求他十四岁的孩子回家的声明。

我读了三四次,认为这广告足以传达我要传达的信息了。还没有任何回应,不过还早嘛。卡洛琳天一亮就醒了,喂完猫之后她便立刻跑去买了一份报纸。会对这则广告有兴趣的家伙此刻恐怕还在床上呢。就算他们像我和卡洛琳一样,已经喝过咖啡,暖了身子,在他们看到广告栏以前,还得费力地读完整份报纸呢。没错,今天是星期六。周一到周五的《纽约时报》近年来增加了深度报道,让自己虚胖得像只准备冬眠的熊一样,不过周六的《纽约时报》仍然保持着时髦的苗条。话说回来,有很多人星期六不看《纽约时报》,好让自己能够承受星期天报纸的大量资讯,所以我们的潜在客户可能根本不会看到报纸。这则广告预计要登一个星期,不过现在我仔细瞧瞧,有几行字被登到后面一页去了,其实我对这整件事并没有太大的信心。我们不能完全依赖它,我决定了,也许应该尽快弄一个备用计划出来。

"哦,哇,我很高兴我去买了报纸,伯尼。"

"我也是,"我说,"我只是希望不要一直麻烦你。"

她指着第一沓报纸上的某个东西,"你最好读一下这个。"她说。

我拿过来看,在最后一部分的某一页上,在一堆带着淡淡国际味道的零碎国际新闻中,有几行字印着这么一个消息。我读道:涉及周四玛德琳·波洛克血案的通缉犯伯纳德·罗登巴尔,前晚差一点被逮捕。他在试图闯入东十一街的巴尼嘉书店时,被一名机警的警员发现,罗登巴尔掏出一把手枪和这名警员展开枪战。该名警员的脚受了枪伤,被送往圣文森特医院急救,目前已经出院。这名原本是小偷却成了枪击犯的罗登巴尔先生,也是这家书店的老板,在枪战后徒步逃走,显然并未受伤。

文章最后还自作聪明似的说,罗登巴尔为了重返书店,特别伪装了一番,包上头巾戴上假胡子。"不过他骗不了我,"巡警弗朗西斯·洛克兰表示,"我们受过训练,可以看穿伪装。我立刻就认出了他是照片上那个人。"

"锡克人,"我告诉卡洛琳,"好吧,至少他没拿到书,不然他不会闯入店里去找。我怀疑你昨天看到在店门口监视的人会不会就是他。"

"也许。"

"小报也许有更多的现场描述。他们喜欢讽刺性的东西，还有什么比小偷闯自己的空门来得讽刺呢？他们应该知道这有多讽刺。"

"你想说什么？"

"唔，警察如果当场逮到锡克人，或许不能就此证明人不是我杀的，但至少他们不会把这个案子也算到我头上。要不那锡克人的枪法就别那么准，还让我背负一个袭击警察的罪名。让警察受伤可比杀一个老百姓还严重呢，至少警察们这么认为。或者，如果他必须开枪射击的话，何不干脆就把洛克兰先生射死算了，那样他就不能指认说是我干的了。"

"你不是真的想要那警察死吧，伯尼。"

"不，幸运的是他还能活着告诉他的同伴是谁射他的，不然我就变成杀警察的凶手了。如果兰蒂看到这篇报道怎么办？她一定没看过第一篇，要不然就是没把我和那件事联系在一块儿，因为她昨晚看来并没有想到你在窝藏逃犯，她满脑子就只有遭到背叛这件事。"

"她从不看《纽约时报》。"

"其他报纸也会登的。"

"也许她也不看其他报纸。我甚至不确定她知不知道你姓什么。"

"她一定知道。"

"也许。"

"她会报警吗?"

"她是好人,伯尼,她不是会告密的人。"

"她是个会吃醋的人,她以为——"

"我知道她以为什么,她一定是疯了才会那样想,不过我知道她想什么。"

"她可能会给警察写一封匿名信,她会告诉自己那是为你好,卡洛琳。"

"妈的,"她啃着大拇指,"你觉得这里已经不安全了?"

"我不知道。"

"可是电话在这里,号码登在报纸上,如果我们到别的地方,怎么接电话呢?"

"谁会打电话来呢,请问?"

"鲁德亚德·威尔金。"

"他在星期四晚上杀了玛德琳·波洛克,我敢打赌他早就上了出租车直奔肯尼迪机场,在午夜之前就出境了。"

"连书都不要了?"

我耸耸肩。

"锡克人可能会打来啊,他的五百块钱到哪儿去了?"

"你认为他会打电话来问我这个问题?"

"不,是我在问,伯尼。波洛克对你下药的时候那些钱在你身上,对吗?"

"是的。"

"你醒来的时候它们就不见了。"

"是的。"

"那么它们到哪儿去了？"

"她拿走了。哦，她拿去之后又发生了什么事？"

"是啊，钱跑到哪儿去了？你昨晚翻过一遍她的东西，钱没有藏在书里，对吗？"

"没有任何地方藏着钱，至少我看过的地方都没有。我想是凶手拿走了吧。"

"他为什么不把钱留下？"

"为什么要留下？那毕竟是钱啊，卡洛琳。"

"报纸上常常登一些凶杀案，上面总是说警方排除强盗杀人的可能，因为受害者身上有大量现金什么的。"

"那是帮派犯罪。他们希望人们知道他们杀某一个人的理由。他们甚至还会把钱放在受害者身上，好让警方排除强盗杀人的可能。不管是凶手拿走了钱，还是波洛克把钱藏在一个我没找着的地方，甚至或者某个警察趁大家不注意的时候拿走了钱都有可能。以前发生过这种事的。"

"真的？"

"哦，当然。我可以告诉你无数这样的故事，但那有什么意义？我会被电话铃声吵个不停。"

我转身走向那个东西，如果它听得懂暗示的话，应该会有所动静吧。它还是一声不响，就这样过了大约半个钟头。

不过一旦它开始响,我想它可就停不了了。

丁零零!

"喂?"

"啊,喂。我刚才看到你登在报上的广告。我只是不知道自己解释得对不对。"

"你怎么解释?"

"你是不是有东西要卖?"

"没错。"

"《拯救巴克罗堡》?"

"是的。"

"可不可以让我知道我是在跟谁通话?"

"那正是我要问你的问题。"

"啊,陷入僵局了,让我想想看。"

不是很标准的英语腔,有点亚洲还是非洲的口音。不该卷舌的时候反而卷舌。受过高等教育,语气温和。总之,声音悦耳。

"很好,先生。我相信你已经见过我的使者了。如果我猜得没错的话,你最近在一项买卖上多收了他的钱。他付了五百块钱买一本价值一块九毛五的书。"

"那不是我的错,他没等找钱就跑了。"

电话那头传来一阵颇为欣赏的咯咯笑声:"那么你正是我猜的那个人。很好,你很有胆识,先生。警方正因为你涉及一名女子的谋杀案在追捕你,而你却还坚持在卖你的书。还是跟以前一样做生意吗?"

"我现在需要钱。"

"逃亡海外吧,我想。你手上有书吗?真的像我们说的那样,书在你手上吗?"

"是的,我相信我还不知道你的名字。"

"我相信我还没有告诉你。在我们更进一步之前,先生,也许你应该向我证明书真的在你手上。"

"我想我可以把书靠近话筒,不过除非你有超自然的能力……"

"翻开第四十二页,先生,读第一节诗给我听。"

"哦,等一下。'若你要去巴克罗堡/在那月缺之时/狐狼咆叫群猴哭嚎/像个疯妇……你是要我念这个吗?"

对方半天没说话。"我要那一本,先生。我想买。"

"很好,我也想卖。"

"多少钱?"

"我还没定价钱呢。"

"如果这样的话……"

"这是一桩挺微妙的交易,我必须保护自己。我是名逃犯,如你所言,那使我非常容易受伤。我甚至不知道我是在跟谁交易。"

"一个拜访你们国土的过客,吉卜林先生的忠诚书迷,我的名字实在无关紧要。"

"我怎么和你联络?"

"那比我的名字更不重要。我可以和你联络啊,先生,打这个电话不就得了?"

"不,我不会在这儿了。这里不安全。给我一个可以在今天下午五点找得到你的号码。"

"电话号码?"

"是的。"

"我做不到。"

"任何电话都可以,只要你五点钟在它旁边。"

"啊,我再给你电话,先生,十分钟之内。"

丁零零!

"喂?"

"先生,你手上有纸笔吗?"

"请说。"

"今天下午五点我会在这个电话号码旁边,RH4-5198。"

"RH4-5198。下午五点。"

丁零零!丁零零!

"喂?"

"喂?"

"喂。"

"呃,你可不可以说些比一个简单的'喂'更明确一点的东西……"

"你想要我说什么?"

"很好,我正希望接电话的人是你呢。我不会大声说出你的名字,相信你也不会叫我的名字。"

"除非我打电话到你的俱乐部让侍者去呼叫你。"

"别那样。"

"他们说你根本不是会员。太了不起了,不是吗?"

"也许我是没有全部对你坦白,小子,不过我可以解释。"

"我相信。"

"那个物品,从你的广告看来,是不是还在你的掌握之中呢?"

"当我们在谈话的时候,它就在我面前呢。"

"太棒了。"

"'若你要去巴克罗堡／在那月缺之时／狐狼咆叫群猴哭嚎……'"

"看在老天分上,别念给我听。还是你在背诵书里的佳句呢?"

"不,我是在念。"

"哦，为了证明书在你手上？不太需要吧，小子。你不可能杀了那女人还把书给丢了，不是吗？现在你要怎么进行这场交易呢？"

"我们可以在什么地方碰面。"

"可以啊，当然我们两个都不希望引起警方的注意，我想……"

"给我一个在六点钟可以找得到你的电话。"

"为什么不是我打电话给你呢？"

"因为我不知道我会在哪里。"

"知道了，嗯，我的孩子，我可不想冒身份曝光的险，我想我最好不要把这个号码给你。"

"那么，其他任何号码都可以。"

"什么意思？"

"选一部公用电话，告诉我号码，然后六点钟在那里等着。"

"呃，我再打给你。"

丁零零！

"喂？"

"切尔西 2-9419。"

"很好。"

"六点。"

"很好。"

丁零零!

"喂?"

"喂,你们登了一条广告——"

"巴克罗堡之旅,是的。"

"我可以坦白地说吗?我们谈的是一本书,对不对?"

"是的。"

"你想买?"

"我要卖。"

一阵沉默。"明白了。你有一本,你手上确实有一本。"

"'……狐狼咆叫群猴哭嚎,像个疯妇……'"

"你说什么?"

"我在念四十二页的最上面一节。"

"这没什么必要。"又一阵沉默,"这真令人困惑,也许我应该告诉你我的名字。"

"那会很好。"

"我叫德马雷斯特,普雷斯科特·德马雷斯特,我想这对你来说没有任何意义吧。我为一个富有的收藏家担任经纪人,他的名字你或许听过,不过我无权告诉你。最近有人说要卖他这本书,但是后来交易又突然取消了。我想知道是不是同一本书?"

"我不知道。"

"这本书宣称是世上绝无仅有的。据我们所知,世上现存的只有这一本。"

"那么一定就是同一本喽。"

"看来应该是这样。你还没告诉我你的名字呢。"

"我对我的隐私非常重视,德马雷斯特先生,跟你的老板一样。"

"了解。我必须问问他,当然,不过你可不可以让我知道价钱?"

"还没定。"

"有其他人也想买?"

"是有几个。"

"我想看看这本书,在你把它卖给任何其他人之前。我们可不可以见个面——"

"我现在没办法告诉你,德马雷斯特先生。今天下午我可以在哪儿找到你?四点左右,你会在某个电话附近吗?"

"我可以安排。"

"可以给我电话号码吗?"

"没什么不可以的,记下来吧。Worth 4-1114。你是说四点钟吗?希望那时接到你的消息。"

"我想就这样了,"我简要地向卡洛琳转述了我和德马雷斯特的谈话之后说,"应该不会再有其他电话了。"

"你怎么知道?"

"我不知道,这只是我强烈的预感。第一个打电话的是个外国人,他就是派那个锡克人来骚扰我的人。锡克人是星期四下午来的,所以他至少在那个时候就知道书在我手上,不过他却叫我在电话上把书念给他听。"

"那证明了什么?"

"你问住我了。现在我只是在搜集资料而已,要解释还为时过早。第二个电话是威尔金打的,他对'狐狼哭嚎群猴咆叫'倒没什么兴趣。"

"我觉得应该是倒过来。"

"猴子和狐狼对威尔金没什么兴趣?"

"是狐狼咆叫群猴哭嚎,虽然两者差别不大,你到底发现了什么,伯尼?"

"好问题。威尔金似乎认定是我杀了玛德琳·波洛克,所以他对我持有那本书并不惊讶。那也意味着他并没有杀她。要不然,就是他假装相信我杀了她,那样的话……"

"那样的话会怎样?"

"我知道就行了。还有德马雷斯特先生,他倒是有些意思。他对自己的名字毫不隐瞒,无须劝诱就把电话号码给了我,你认为那代表了什么?"

"我不知道。"

"我也不知道。"我为自己加了些咖啡,"谋杀案把整个事情弄拧了。如果不是有人杀了玛德琳·波洛克,根本一点问题也没有。警察也就不会一直把我和这桩案子连在一起。我只要把书卖给出价最高的人,然后就可以跑到巴哈马度两星期的假。这三个人中有一个杀了她,卡洛琳。"

"刚才打电话来的其中一个?"

"嗯。"我看了看表。"我们的时间不多了,"我说,"我得每隔一小时分别给他们打一个电话,从四点钟的德马雷斯特开始。我们现在有几个小时的时间准备。"

"准备什么?"

"一个陷阱,不过麻烦的是,我根本不知道这个陷阱是为谁而设的,而诱饵又该用什么。我们只要做一件事。"

"什么事?"

"在我压力太大时常做的事,"我说,"贿赂警察。"

15

当他来接电话的时候,我对打扰他表示抱歉。"你太太不想打扰你,"我说,"不过我告诉她事关重大。"

"嗯,我赌维克森林队赢,可是他们现在只拿了十分,"他说,"所以我刚才一直在看着我的二十块钱付诸东流。"

"他们在跟谁比赛?"

"佐治亚大学。牛头犬队使出了他们的看家本领——恶犬式防御。这表示他们正咬着维克森林队的屁股不放呢。"接下来是一段不算短且意味深长的停顿。"你到底是谁?"他问。

"只是一个需要帮忙的老朋友,也是老敌人。"

"天哪,是你。小子,我以前也看你惹过麻烦,不过我发誓你这一次麻烦可大了,你这是从哪儿打来的?"

"绝望的沼泽。我需要你的帮助,雷。"

"天哪,当然。你可找对人了,你要我安排自首,对不对?这可是你在干掉波洛克那女人之后做的第一件聪明事。你待在外面迟早会被盯上,你难道想挨枪子儿吗?他们会说你有对警察开枪的记录,伯尼。"他咂了咂舌,"那可不太妙,你知道的,对警察开枪,局里可不乐意见到。"

"不是我开的枪。"

"行了,小子,他在那里,对不对?他看见你了。"

"他看见了一个蓄着胡须、头上包着头巾的小丑。我从未对他开枪,也没有射杀那个女人。"

"你只是在卖书而已,你告诉过我,记得吗?还有你早就金盆洗手了什么的。听着,你会没事的。我会安排自首,别以为我不感激你。这可让我出风头了,肯定的,同时也救了你自己。你可以弄个好律师,谁知道呢,也许你在法庭上可以彻底翻案。最坏的情况也不过就是在牢里待个几年,你以前也不是没待过。"

"雷,我从来没有——"

"不过有一件事不太妙,洛克兰这小子太嫩,你知道吗?如果你开枪打到的是个老手,他也许收几个钱就可以在法庭上翻供,胡诌些证词。当然,如果是老手的话,也许就会在你射中他的脚之前射中你吧,所以我想在那一点上你算是扯平了,伯尼。"

我们这样持续了几回合,我不断声称自己是无辜的,而他则不断告诉我可以申请辩护,也许还可以靠着下课后在黑板上写一百遍"我再也不偷窃"而得以脱身。最后我终于单刀直入,直接告诉他我有一件事要请他帮忙。

"哦?"

"我有三个电话号码。我要你帮我查出它们在哪里。"

"你疯啦,伯尼?你知道追踪电话有多复杂吗?你必须先设定好,你必须在电话公司用另外一条线接到某部电话上,然后必须维持几分钟的通话以便锁定地点,即使那样他们有时还是追踪不到呢,然后如果你——"

"我已经知道这三个号码了,雷。"

"哦?"

"我知道电话号码,现在想知道电话的所在地。就好像我已经成功地追踪到电话了,而我想知道他们的地点在哪儿。"

"哦。"

"你可以做到的,对不对?"

他考虑了一下。"当然,"他说,"不过我为什么要这样做?"

我给了他一个非常好的理由。

"我不知道,"把我的非常好的理由讨论了几分钟之后,他说,"看来我得赌一把了。"

"赌什么?你不过就是打个电话而已。"

"我现在是在跟一个逍遥法外的逃犯合作,万一传到了别人耳朵里似乎不太好。"

"谁会听说?"

"世事难料。还有一个问题,你究竟要怎么把东西给我?听起来是不错,但你要怎么给我呢?如果有哪个射击训练总拿高分的新手把你干掉了,伯尼,那么我的处境又将如何?"

"你就没事儿啦。想想看那时我的处境。"

"所以我说你应该自首。"

"没有人会射杀我的,"我说,也许听起来比我内心的实际状态更加自信,"我会设法送给你我承诺的东西,我什么时候让你失望过?"

"嗯……"

"雷,你只需要打一两个电话,这难道不值得一试吗?看在老天的分上,如果维克森林队值得投资二十块钱的话——"

"别提醒我,我的钱正在哗哗地流走,我都没法再看下去了。"

"瞧我给你的胜算有多少,维克森林队给你的不过是十分而已。"

"是啊。"我似乎听到了他脑袋里的齿轮运转的声音,"你绝对不要告诉任何人我们有过这段谈话。"

"你对我清楚得很,雷。"

"是啊,你还算信得过。好吧,给我号码。"

我告诉他号码,他又重复了一遍。

"很好,"他说,"现在给我你的电话号码,我会尽快回电话给你。"

"当然,"我说,"号码在这里。"我正要念出电话上面贴着的号码时,卡洛琳抓住我的手臂,给我看她那张充满警觉的脸。"呃,我想还是不要吧,"我跟雷说,"如果你可以这么容易查出某一部电话的位置——"

"伯尼,你以为我是什么样的人?"

我避开那个话题。"此外,"我说,"反正我正要出门,最好还是我再打给你。你需要多长时间?"

"看电话公司的配合程度。"

"半个小时?"

"差不多,"他说,"应该可以,半个小时之后再打来试试,伯尼。"

我挂了电话。卡洛琳和那两只猫都充满期待地看着我。"照相机。"我说。

"嗯?"

"我们有半小时时间去弄台照相机。应该说是拍立得,除非你认识哪个有暗房的家伙,而且谁想花时间冲洗照片呢?我们需要拍立得。我想你大概不会有吧?"

"我没有。"

"你能借得到吗?我可不想跑出去买一台。中区的商店通常会很挤,而且我也不知道格林尼治村哪里卖照相机。十四街倒有家店在卖,但是他们卖的东西通常在回家的路上就散架了。第三大道有家当铺,不过我正在被通缉,去那儿不太合适。当然,你倒是可以去买一台。"

"如果我知道要买什么的话。我最恨买回家以后发现根本不能用。我们究竟为什么需要一台照相机呢?"

"照几张照片啊。"

"我从没想到要拍照。太可惜了,兰蒂就不同了。她就有一台新型的拍立得,按下快门之后手还没松开,照片就洗出来了。"

"兰蒂有拍立得?"

"没错。我上个星期不是给你看过猫咪的照片吗?"

"好像是。"

"嗯,那就是她拍的呀。不过我没法向她借,她现在相信我们两个有一腿,也许她会认为我们要用来互拍猥亵照片什么的,而且她可能根本不在家。"

"打电话给她试试看。"

"你开什么玩笑?我不想跟她讲话。"

"如果她接就立刻挂掉。"

"那我们干吗要打呢?"

"因为如果她不在家,"我说,"我们就可以去拿照相机了。"

"妙极了,"她伸手过去拿电话,然后又叹了口气,把手放下,"你忘了一件事,记得昨晚吗?我把钥匙还她了。"

"所以呢?"

"嗯?"

"要钥匙干吗?"

她看着我,笑着,摇摇头。"真是拿你没办法。"她说着,伸手去拿电话。

兰蒂住在莫顿街上一幢方形的砖结构公寓五楼的一个小套房里,这幢公寓位于第七大道和哈得孙大道之间。纽约的建筑法规里规定,七层以上的建筑物都必须装设电梯,而这幢公寓刚好是六层楼,所以我们只好爬楼梯了。

这里的锁非常好开。即使我身上只有杂货店里弄来的那些工具也不用花太久,更何况我现在身上带的是专业用具。我探入那些锁就像德军攻入卢森堡那样容易。当最后一道锁咔啦一声打开的时候,我抬头看着卡洛琳。她的嘴张得大大的,蓝眼睛也睁得比我从前看过的任何时候都大。

"天哪,"她说,"我用钥匙开门花的时间都要比这个久。"

"嗯,这些是便宜锁,而我有一点表演欲,想让你印象深刻。"

"你成功了,我的确印象深刻。"

我们进去又出来的速度快到可以跟卡通上的那只墨西哥老鼠相比。照相机就在卡洛琳猜测的地方——五斗柜的最下面一层抽屉里。它放在一个有背带的箱子里,旁边一个有拉链的底片盒里还放着不少底片。卡洛琳提起箱子背在肩上,我把门重新锁上,然后回家。

我告诉雷我会在半个小时以内打电话给他,结果晚了几分钟。这次是他自己接的电话。"你的朋友到处乱跑哦。"

"呃?"

"这三部电话号码所在的区域泛围非常广。第一个号码是七十五街和麦迪逊大道转角口的一部公用电话。切尔西的那部也是公用电话,位于格里斯汉饭店大厅。那是在第五和第六大道之间的二十三街。"

"等等,"我说,一边急急忙忙地把地点抄在纸上,"好,最后那一部呢?"

"在市中心,我是指真正的市中心,在华尔街附近,松树街十二号。"

"又是一部饭店里的电话?"

"不,是一间在十四层楼的办公室,一家叫作汤顿贸易的公司。伯尼,回头谈谈大衣吧,你说是养殖的貂皮,是不是?"

"是的。"

"你说是哪种颜色?"

"银蓝色。"

"而且时髦得要命?你确定?"

"是的,绝不会错,雷。它上面有阿尔文·泰尼鲍姆的标签,绝对是高级货。"

"什么时候可以给我?"

"在圣诞节前绝对可以到手,雷,没问题的。"

"你这王八蛋,你给我什么啊,你根本还没得手。"

"当然没有,我退休了,雷。我已经金盆洗手了,更何况我要一件热死人的大衣干什么?"

"那么你哪来的大衣?"

"我会去弄一件给你,雷。等我从眼前的麻烦里脱身之后。"

"如果你没法脱身呢,伯尼?那怎么办?"

"唔,你最好希望我能脱身,"我说,"不然你的大衣就要像你押维克森林队的二十块钱一样,付诸东流了。"

16

我叫了一辆出租车去上城拿那辆庞帝克。卡洛琳利用我把它再开回市中心的这段时间，仔细研究了一下怎么使用这台拍立得。她还特意在我开门下车的时候拍了张照片以作证明。照片立刻弹出，在我眼前显出影像。我看起来像是大吃一惊，好像偷偷摸摸在干什么似的。我跟卡洛琳说我可不会拿这张去放大。

"跟猫比起来，你是个不错的模特儿呢，"她说，"尤比都不肯坐着不动，而阿齐总是斗鸡眼。"

"阿齐总是斗鸡眼？"

"缅甸猫就是那个样子。要替我拍照吗？"

"好啊。"

她穿着件煤灰色的高领毛衣，和一条灰蓝色的灯芯绒牛仔裤。为了拍照，她特意加了一件钉着铜扣的休闲外套，最后再斜斜地戴上一顶贝雷帽。打扮好之后，她坐在桌边，交叠双腿，对着镜头咧嘴而笑，像个可爱的流浪儿。

兰蒂的拍立得照得很好。我们一起查看照片的效果。"少了点什么,"卡洛琳说,"一支雪茄。"

"你又不抽雪茄。"

"摆个姿势啊,我们这样看起来好像雌雄大盗。"

"你是像雌的还是像雄的那一个?"

"哦,真好笑。没有比黄色笑话更能缓和情绪的了。我们准备好了吗?"

"我想是的。你带了布林家的手镯吗?"

"在我口袋里。"

"相机摸熟了吗?"

"就像操作电梯那么简单。"

"那我们走吧。"

走到人行道上的时候我说:"呃,卡洛琳,也许你无法让人联想起费·唐娜薇①,不过你今天看起来真是美极了。"

"你说这话是什么意思?"

"而且跟你相处也十分愉快。"

"这算什么?军队出发前的训话?"

"差不多吧,我想。"

"喂,小心点好不好?我可能会泪湿双眼,弄糊了睫

---

① 费·唐娜薇(Faye Dunaway, 1941—),美国女演员。

毛膏。还好我不擦睫毛膏。赶紧开你的老爷车吧,伯尼。"

每到周末,纽约的金融区就仿佛有人体贴地用专门杀人却不伤及建筑的炸弹攻击过了一样。窄窄的街道,高耸的建筑,没什么人活动。所有的商店都关着,所有的人都躲在家里看足球赛。

我把庞帝克停在拿骚街一个无人看管的停车场,然后步行往松树街去。十二号是一幢高高地俯视着街道两旁建筑的大楼。一名警卫坐在大厅的柜台前,登记那些为了赚钱而牺牲假期的员工的姓名。

我们远远地站在松树街对面有八到十分钟之久,这段时间里那名警卫无事可做,也没有人出入。我往上看,数了数,正面总共有九个窗户的灯是亮着的。我试着找出是否有一个亮灯的窗户在十四楼,不过似乎有些困难,从我这个角度无法辨识哪一层是十四楼,因为我根本无从得知这幢大楼是否有十三楼。

我也没在大楼附近看到公用电话亭。我转过街角,经过一个街区走到威廉街,在四点零二分的时候拨了普雷斯科特·德马雷斯特给我的电话号码。电话响两声之后他拿起了话筒,但是不出一声,直到我先说了一句"喂"。如果前一晚我也像他一样自制的话,我们就可以大大方方向兰蒂借相机而不必闯空门了。

"我手上有书,"我告诉他,"而我需要现金,我得出城,如果你想买,我可以出个价。"

"我会付你一个好价钱,如果我能确定这玩意儿是真的。"

"如果我今晚拿给你看呢?如果你决定要的话,我们就可以谈价钱。"

"今晚?"

"在巴尼嘉书店。东十一街的一家店。"

"我知道在哪儿,今天的早报有条新闻——"

"我知道。"

"你觉得这样真的安全吗?在店里碰面?"

"我觉得安全。没有警察在监视,如果你是担心那个的话。我今天下午去看过了。"我是驾着庞帝克慢慢地从那儿开过去看的。"十一点,"我说,"到时候见。"

我挂断电话,走回松树街与威廉街的拐角处,在那儿我可以看到十二号的大门,虽然并不十分清楚。我让卡洛琳留在马路正对面一家提供裱画服务的版画店里,不知道她这会儿是否还在。

我在那里等了约五分钟,然后看到一个人从大楼里走出来,朝拿骚街走去。他一离开我的视线范围,我就看到卡洛琳从版画店里走出来向我招手。

我冲回电话亭,拨了 Worth 4-1114。我让它整整响了十二下,然后挂上电话取回我的硬币,再跑回卡洛琳在等着的地方。"没人接,"我告诉她,"他离开办公室了。"

"那我们拍到他的照片了。"

"只有一个人?"

"嗯,有人在他之前离开,但那时你还没走到电话亭呢,所以我就没拍。然后又有一个人走出来,我给他拍了照之后就向你招手,后来就再也没人走出来了。现在又有人了,是个女人,要拍她吗?"

"她正在登记出来。德马雷斯特不用的,他只要向警卫挥挥手就走出来了。"

"那并不代表什么。我以前也干过那种事,故意对门卫做出不在意的样子。如果你表现得好像他们认识你,他们就会觉得自己肯定认识你。"

"这是他的照片。我们真的需要一个长镜头什么的。幸好这条街很窄,不然你可能什么都看不到。"

我仔细看着照片,虽然没有巴克拉克①的人像照那样的清晰度,不过光线很好,而且德马雷斯特的脸照得清清楚楚。他是个高大的中年男人,灰色的头发留着像退役的海军陆战队队员似的平头。

他的脸似乎有点眼熟,不过我想不起来原因。我以前从来没有见过他。

---

① 巴克拉克(Bachrach),美国著名的人像照相馆。

在开车去上城的途中,卡洛琳对着后视镜调整贝雷帽的角度,花了好几分钟她才心满意足。

"真好笑。"她说。

"帮德马雷斯特照相?"

"帮别人照相有什么好笑的?甚至也不怎么紧张,我看到他从对街走过来,正对着我跟相机,不过他一点都没注意到。我只要在暗处悄悄按下快门。不是,我说的是昨晚。"

"哦。"

"当兰蒂出现的时候,卧室里的场面。我发誓,要不是她不让我们插话,她也不至于得出这样的结论。"

"嗯,从她的角度——"

"这件事无论从谁的角度来看都荒谬不已,不过有一件事你必须承认。"

"什么事?"

"她生气的时候实在很可爱。"

四点四十五分的时候我们到了一家叫桑弗德的鸡尾酒吧。它和它的左邻右舍一样优雅,地上铺着厚厚的地毯,所有的陈设都是用黑木和铬钢搭配的。我们坐的桌子是直径十八英寸的黑色圆桌。我们坐的椅子是黑色的半球形,基座则是铬钢做的。我喝的是巴黎水加冰加柠檬。卡洛琳要了杯马提尼。

"我知道你工作的时候不喝酒,"她说,"但这不算喝酒。"

"那这算什么?"

"治疗。而且时机正好,因为我觉得我现在有幻觉。你能看到我所看到的东西吗?"

"我看到一个非常高大的男人,留着胡子,戴着头巾,正在麦迪逊大道上向南走去。"

"这是不是表示我们俩都产生幻觉了?"

我摇摇头。"这家伙是个锡克人,"我说,"要不他就是个恶名昭彰的盗贼兼枪击犯,聪明地伪装成那副凶狠的模样。"

"他在干什么?"

他走进了一个电话亭。那电话亭正好位于鸡尾酒吧所在的这个街口,距离我们不过几码之遥,从窗户里我们可以把他看得一清二楚。我不能肯定他就是那天用枪指着我的那个锡克人,不过当然他也有可能就是。

"他是打电话给你的那个人吗?"

"我想不是。"

"那他在电话亭里干什么?不过,反正他早了十分钟。"

"也许他的表快了。"

"他就那样坐在那儿吗?等等,他打电话给谁?"

"我不知道,如果那是电话祷告专线,他也许会告诉你电话号码。"

"那不是电话祷告专线,他在说话。"

"也许那是电话诵经,而他正在跟着录音念经。"

"他挂断了。"

"他是挂断了。"我说。

"他走了。"

不过没走远。他走到对街,站在一家精品店门口。他跟世贸大楼一样引人注目。

"他负责把风,"我说,"我想他只是要确定是否安全,然后他就会打电话向稍早和我通电话的人报告。也许他刚刚说的话就是'一切正常'——不过我很怀疑。现在来的就是那个人了,我想。"

"他从哪儿来?"

"卡莱饭店吧,也许。那儿距离这里不过一条街。如果你是那种会雇用包着头巾的锡克人的人,你会待在哪里呢?华道夫饭店,唔,如果你喜欢历史的话。雪利—荷兰饭店,也有可能,如果你是电影制片人,而锡克人是尤尔·伯连纳[①]假扮的话。也许是皮埃尔饭店,只是也许,如果——"

"就是他,没错,他进电话亭了。"

[①] 尤尔·伯连纳(Yul Brynner, 1915—1985),美国影星,拥有瑞士、蒙古和俄罗斯血统。

"他进去了。"

"现在怎么办?"

我站起来,从口袋里拿出一枚硬币,看看我的表。"是时候了,"我说,"失陪一下,我得打个电话。"

这个电话真长,接线员好几次插话进来叫我再投币,而我们的谈话却是不太欢迎别人打扰的。我几乎想要放下话筒,走几十码去敲电话亭的门,这样还能节约几个硬币。不过那样实在太蠢了。

我终于挂上了电话,接线员几乎是立刻就拨电话回来要我再投一毛钱。我投了币,然后站在那儿算了算,差点想把电话的钱箱打开,把我刚才花的钱弄回来。我从未试过撬电话箱,因为偷公共电话没什么意思,不过,到底有多难呢?我盯着钱箱的钥匙孔看了差不多整整一分钟才回过神来。

卡洛琳会喜欢这个主意的,我想,于是赶快回到吧台那边想要告诉她。她不在那里。我坐了一会儿。我的巴黎水里面的冰块全融化了,那些刚才还急急地往上冲的二氧化碳气泡也变得疲乏无力。我向窗外看去,街角的电话亭是空的,对街商店门口也看不到锡克人。

她是不是去洗手间了?如果真是如此,她身上应该带着相机。我又等了一分钟,看她会不会从洗手间出来,然后在小桌上放了一张五块的纸币,用玻璃杯压好,离开了那里。

我又看了一眼锡克人刚才所在的位置,不过仍然没看到他。我过了马路,沿着麦迪逊大道向北,朝卡莱饭店走去。伯比·肖特①刚度完他的夏日假期,我想起来好像读过这样的报道,而汤米·福拉纳根和艾拉·菲茨杰拉德这对多年的搭档将在贝梅尔曼酒吧表演。我突然意识到,还有比这更好的方式度过纽约之夜吗?我最近都没怎么出来走动,不过一切还不算太晚,等这些乱七八糟的事情结束之后,我要再到这个华丽动人的地区来。

当然,如果这团混乱没法解决,我可能得在里面待上好几年才能出来。

正当我在思索这个严肃的问题时,左边的门口突然传出了一个声音。"嘿,"这声音说,"老兄,要买台高级相机吗?"是她,脸上挂着自负的微笑。"你找到我了。"她说。

"我既聪明又睿智。"

"而且比热伤风还难摆脱。"

"没错。我以为你在厕所,不过等不到你,我就开始行动了。"

"我也是。你在和他谈话的时候,我试着拍他的照

---

① 伯比·肖特(Bobby Short,1924—2005),美国歌舞演员、钢琴家。

片——从我们坐的地方。结果一直反光,你甚至看不清楚电话亭里是不是有人。"

"所以你就走出去迎他。"

"是的。我想他打完电话后就会回到原来的地方,所以我找到这个地方等着。他可能又打了几个电话,要不就是你们讲了很久。"

"我们讲了很久。"

"然后他终于出现了,他根本没注意到我。他几乎是贴着我身边走过去的。看这个。"

"效果真不错。"

"那还不算什么。底片就那样弹出来了,我看着它显像,真是太神奇了,然后我把它撕下来,放在我的口袋里,接着我一个箭步跨出门廊,准备回去找你,结果你知道我碰到了谁?"

"鲁德亚德·威尔金。"

"他在这附近吗?你看到他了吗?"

"没有。"

"那你为什么那样说?"

"只是猜测,我再想想,普雷斯科特·德马雷斯特?"

"不是,你是怎么回事儿啊,伯尼?是锡克人。"

"我下一个就要猜他了。"

"唔,那你就对了。我那发烫的小手拿着相机跨出去的时候差点跟他撞个满怀。他俯视着我,我仰望着他,告诉你,伯尼,我得用凳子站着才能跟他讲话。"

"然后呢?"

"想不到我竟然如此聪明,真是灵光乍现。我把眼睛睁得大大的,然后说:'哦,哇,包着头巾呢!你是印度来的吗?先生。你在联合国工作吗?天哪,你可不可以摆个姿势让我帮你拍张照片?'"

"结果怎么样?"

"棒透了,你自己看。"

"你越来越会用这台相机了。"

"他对这个相机的印象比你还深刻。星期一一早他第一件事就是要去买一台拍立得。我得拍两张照片,想不到吧,因为他想要一张留作纪念。翻过来,伯尼,看后面的字。"

相当优雅的笔迹,龙飞凤舞,还有很多不必要的圈圈和旋涡——给我的小公主\献上诚挚的敬意\你的忠仆\阿特曼·辛。

"那是他的名字,"她解释道,"阿特曼·辛。"

"我知道。"

"真聪明。跟你通电话的是阿特曼·辛的老板,我想你大概也知道吧。他老板的名字是——嗯,说到这一点,其实我不知道他的名字,不过他的头衔是兰奇普王子。不过我想你也知道,是吗?"

"不,"我轻声地说,"我不知道。"

"他们住在卡莱饭店,你猜对了。那位王子在旅行的时候喜欢随身带着侍从。尤其是女人。我有种感觉,如果我每一步都走对的话,很可能成为他的座上宾呢。"

"真不知道你肚脐上塞颗红宝石是什么样子。"

"会有点太女性化了,你觉得呢?不论如何,阿特曼·辛喜欢我现在的样子。"

"我也是。"我把一只手放在她肩上,"你做得太漂亮了,卡洛琳,令我印象深刻。"

"我也是,"她说,"我自己也这么认为。不过不是我一个人的功劳,如果不是那杯马提尼,我绝对办不到。"

在我们开车往东南方向走的时候,她说:"刚才真刺激,跟阿特曼·辛玩那种把戏。一开始我很害怕,然后我几乎根本没有意识到自己是不是害怕,因为我已经完全投入了。你知道我的意思吗?"

"我当然知道你的意思,我在别人屋里的时候也有同样的感觉。"

"是啊,真过瘾。在兰蒂家的时候,我从来不知道当小偷会那么惊心动魄。现在我终于了解真的有人可能只是为了那种刺激的感觉而去当小偷,金钱倒是其次。"

"当你是个职业老手时,金钱绝对不会是其次的。"

"我想不会是。她真的吃醋了,是不是?"

"兰蒂?"

"是啊。嘿,这事儿全部结束之后,也许你可以教我几手。"

"譬如?"

"譬如不用钥匙开锁。如果你认为我学得会的话。"

"嗯,不少人都能学会。我想开锁这事儿是有诀窍的,只看你能不能掌握而已。不过除此之外我倒还有好些事可以教你。"

"不用钥匙发动汽车如何?"

"用电线点火?那太简单了,你十分钟就学会了。"

"不过,我不会开车。"

"那还真的不用学这把戏了呢。"

"是啊,不过我还是有点想学,好玩嘛。嘿,伯尼?"

"干吗?"

她的小拳头轻轻地捶了一下我的上臂。"我知道这是性命攸关的事,"她说,"不过我玩得很愉快。我想告诉你这一点。"

在五点五十分时我们把车停好——和以往不同的是,这次是合法的——距离西二十三街上的格里斯汉饭店约半条街。现在天色暗得极快。卡洛琳摇下车窗很快地拍了一张过往的陌生人的照片。从美学的角度来说拍得还不坏,不过昏暗的光线却使得影像失真。

"我就怕这样，"我告诉她，"我约了王子五点，威尔金六点，然后当我跟德马雷斯特谈话的时候，我本来是要跟他约七点的。后来我改成了四点，因为我突然想起我们需要光线。"

"相机有闪光灯。"

"那样有点太明显了，你不觉得吗？无论如何，我很高兴我们在光线还足够的时候逮到了德马雷斯特。至于威尔金就没那么重要了。我们未必能将他哄出饭店。"

"你认为他住在那家饭店里？"

"当然有这个可能。我曾经打过电话到那儿，不过你猜我是找谁？"

"你该不会认为他会用他的真名登记吧？"

"首先，我认为他不会。其次，我根本不知道他的真名到底是什么。我相信绝不是鲁德亚德·威尔金。那是一个有趣的故事，被以吉卜林的名字命名，所以终其一生都在搜集他的书，不过我觉得他只对我讲过这个故事。"

"他的名字不是鲁德亚德·威尔金？"

"不是，而且他也不收藏书。"

"那他要那些书干吗？"

"我猜是卖。我想——"我看了看表，"——我想他现在正坐在格里斯汉饭店大厅的某个电话亭里，"我接着说，"正在等我的电话。我该打给他了。"

"我想我该帮他拍照了。"

"手法细腻点，嗯？"

"那是我的拿手绝活。"

我试的第一个电话坏了。街斜对面有另一部电话，不过正好有人在用。最后我在布拉尼玫瑰酒吧里面的墙上找到一部电话。这个酒吧和桑弗德比起来就差多了，不像格里斯汉饭店和卡莱饭店那么类似。酒吧后面贴着手写海报，上面标示着好几种品牌的双份威士忌都在特价优惠中。

我拨了威尔金给我的电话号码。他刚才一定是把手放在话筒上，因为电话刚响他就接了起来。

我们的谈话比刚才和王子的谈话简短些，其实本来还可以再短些的，因为中间有一段我听不太清楚；电视播报员正在报足球比分，他不知道说了些什么话引发了大声的争辩，好像跟诺特丹队有关。不过吼叫声渐渐平息，我和威尔金又开始交谈。

我为刚才的干扰道歉。

"没关系的，小子。"他安慰我，"我所在的地方也挺麻烦的。一个像是欧亚混血的小鬼蜷在一张长凳上，看起来就像嗑了药昏迷过去了似的；一个目光凶狠的老女人把手伸进购物袋里掏着，喃喃自语；还有另一个比她年轻得多的女人正在忙着帮每个人拍照。哦，天哪，她朝这儿走过来了。"

"听起来她似乎没什么恶意。"我说。

"你只好这么希望了。我会给她一个迷人的微笑打发她走。"

几分钟后我回到庞帝克上仔细瞧着鲁德亚德·威尔金的特写。他露出了整排的牙齿,看来相当洁白闪亮。

"很细腻。"我对卡洛琳说。

"有时要细腻,"她说,"有时得大胆。有时要用剑,有时得用棒。有时要迂回曲折,有时却得正中红心。"

"在布拉尼玫瑰里有一个诺特丹队的球迷会为刚才的得分或失分跟你争论不休。在我走出去的那一刻我还真想喝一杯,不过我感觉他们的巴黎水好像卖完了。"

"你现在要去那里吗?"

"没时间。"

"威尔金说什么?"

在我们再往上东区开的时候,我把我们的谈话像《读者文摘》似的摘录给她。我讲完之后她对我皱着眉,一手还抓着头。"真他妈的搞不懂,"她抱怨道,"我不知道谁在说谎,谁在说实话。"

"就当每个人都在说谎吧。那么偶尔出现的惊喜就会令人相当愉快了。我把你送到布林家,你知道怎么做了吧?"

"当然,不过你不进来吗?"

"没必要,而且还有太多事要做。你知道在拜访完布林夫妇之后要做什么吗?"

"好好喝一杯。"

"在那之后?"

"我想是的。要不要再帮我复习一遍呢?"

我再帮她复习了一次,并和她讨论了一些重点,然后我在东六十六街的路旁并排停车,停在一辆捷豹轿车旁,那辆车有外交使节的车牌,右前方的保险杆相当丢脸地凹了下去。它就停在消防栓旁,而它的主人,由于安全地躲在外交豁免权的保护伞之下,所以根本不必担心被开罚单或拖吊什么的。

"我们到了,"我说,"照片在你那儿吗?"

"全都在,甚至还有阿特曼·辛的。"

"你最好也带着相机。没道理把它留在车上。布林家的手镯呢?带在身上吗?"

她把手镯从口袋里拿出来,将它套到手腕上。"我对珠宝并不热衷,"她说,"但它真漂亮,不是吗?伯尼,你好像忘了一件事。你必须跟我一起进去,如果你要去波洛克的公寓的话。"

"我为什么要去波洛克的公寓?"

"去偷猞猁毛皮大衣啊。"

"我为什么要偷猞猁毛皮大衣?我开始觉得我好像在表演杂耍似的了。我为什么——"

"你不是答应了那个警察吗?"

"哦，我正奇怪你怎么会那么想呢。不，雷想要给他老婆的是一件貂皮长大衣，而玛德琳·波洛克衣橱里挂的是一件及腰的猞猁毛外套。基希曼太太可不想要任何野生毛皮。"

"这对她有好处。我没听清楚你们的谈话，我想。你要到别处偷貂皮大衣。"

"时机成熟的话。"

"我懂了。我听到你说了那个皮草店的名字，所以就搞混了。"

"阿尔文·泰尼鲍姆。"我说。

"没错，就是它。"

"阿尔文·泰尼鲍姆。"

"你刚才说过了。"

"阿尔文·泰尼鲍姆。"

"伯尼？你还好吗？"

"天哪，"我说，看了看手表，"好像总有做不完的事，去不完的地方，时间总是不够，卡洛琳。你有没有注意到？时间总是不够。"

"伯尼……"

我探过身子帮她开了她那边的车门。"好好应付布林夫妇，"我说，"待会儿来接你。"

17

我在第二大道人行道上的一个电话亭打电话给雷·基希曼。牛头犬队的分数已经遥遥领先一倍以上,他唉声叹气地告诉我。"往好处想,"我说,"你明天就扳回来了。"

"明天我赌巨人队,他们从不和人缠斗,都是一开始就遥遥领先。"

"我很想聊天,"我说,"不过我时间很紧。有几件事情想你帮我查一查。"

"你以为我是谁?万事通吗?一件大衣想换不少东西嘛。"

"是貂皮大衣,雷。想想看女人为了它愿意做多少事情。"

"真有意思。"

"我们谈的不只是一件大衣而已,你还可以得到一条相配的围巾。"

"真的吗?"

"有更奇怪的事情发生了，有笔吗？"他去拿笔，我告诉了他我希望他帮忙查的事情，"别离电话太远好吗，雷？我会再打电话给你。"

"很好，"他说，"我真是迫不及待。"

我回到车上。刚才我并没有熄火，现在我换到一挡，开始顺着第二大道往市中心的方向开。到二十三街的时候向右转，我用余光瞄了格里斯汉饭店一眼，然后在第六大道右转，继续开，到二十九街左转，最后停在第七大道的一个收费停车位上。这回我熄了火，把那根点火用的电线拆了下来。

我现在身处毛皮交易的中心，这儿的好几条街连接成了生态保护者的噩梦。数以百计的小商家齐聚一堂：卖兽皮、兽毛的人，各种长短大衣、手提袋和其他配件的制造商、批发商、零售商和介于两者之间的人，做皮料整边的、卖周边产品的，还有卖蝴蝶结、扣子之类东西的人。

我要找的地方是第二大道较偏远处的一幢四层建筑，它有几扇门面向二十九街。阿尔文·泰尼鲍姆占了第三和第四层。

一楼是一家周末不开门的咖啡店。在它右边有个通向走廊的门，走到尽头就是电梯和逃生梯。这扇门是锁着的，然而它的锁看起来并不怎么唬人。

不过，那只狗倒是挺吓人的。它是一只杜宾狗，养了就是训练作为攻击用的，它在走廊里来回走着，像只被关在笼子里的豹。我接近门的时候,它停下来紧盯着我。我把一只手放在门把上,它便脱离了好奇阶段,蜷起身子准备随时扑上来。我缩回手,不过这并没有缓解多少它的敌意。

我真希望卡洛琳在这儿。她可以帮这王八蛋洗个澡,顺便剪掉它的指甲,再把它的牙齿锉掉一点。

我向来不和看门狗周旋。我想到的唯一能摆脱它的方法,就是在我的手臂上涂上毒药,然后让它咬我一口。我给了它一个道别的微笑,而它则在喉咙里低低地吼着,我改变主意,闯进了咖啡店。

那也不是件容易的事——他们有铁栅门,就像巴尼嘉书店一样——不过比起跟野生动物缠斗,这我可在行多了。铁门上有个挂锁,我把它挑开;门上有一个耶鲁锁,我也把它挑开了。没有警报器在响。在关门前我把铁门拉上。如果有人仔细察看会发现铁门没锁,不过远远的是看不出什么的。

餐厅有个边门通往电梯,不幸的是从那儿走也会碰到狗,所以大大降低了它的实用性。于是我回头穿过厨房,打开后门。这扇门通往一个不怎么通风的通风井。我站在垃圾桶上,勉强能够着逃生梯的最下面一阶。我用手臂吊起自己的身子往楼上爬去。

幸好我注意到二楼有一个窗户没锁,要不然我会就这么一直爬上三楼。这真是个令人无法抗拒的邀请。我开窗进去，穿过一捆捆毛皮排列而成的迷宫，爬上楼梯，置身在阿尔文·泰尼鲍姆父子的心血当中。

没过几分钟我就开始顺着原路回去，下了一层楼梯，在一捆捆染过色的毛皮中穿梭，再下了逃生梯，踩到垃圾桶上，最后敏捷地跳到地上。我在咖啡店的厨房待了一会儿，帮我自己拿了份蛋糕。这虽然不是我最想吃的那一种，不过我饿坏了，聊胜于无。

我没有费事去把门上的锁再反锁好。有弹簧锁就够了，不过我把铁门给拉上了，把挂锁也锁了回去。

在回去找庞帝克之前，我走去跟那条狗说再见。我向它挥手，它则对我怒目而视。从它的表情看来，我可以发誓，它完全知道我刚才干了什么好事。

接电话的是基希曼太太。我问是否可以请她丈夫接电话的时候，她说"稍等"，然后就大声叫着他的名字，也不用手遮一下话筒。当雷接过电话的时候我告诉他我的耳朵都快聋了。

"怎么了？"

"你太太对着我吼。"

"我帮不了你，伯尼，"他说，"那么你还好吧？"

"我想是的。你查出什么了吗？"

"我查到凶器的资料。波洛克是被'恶魔狗'射杀的。"

"我刚吃了一个。"

"呃?"

"事实上,我吃的是海绵蛋糕,但'恶魔狗'不是热狗之类的东西吗?"

他叹了口气。"'恶魔狗'是马利公司制造的自动手枪。他们有一系列用狗命名的手枪。'恶魔狗'是点三二自动手枪,'惠比特'是点二五自动手枪,'獒犬'是点三八左轮手枪,他们还做点四四的大枪,不过我记不起来叫什么了。按比例算来应该是像爱尔兰狼犬或大丹狗之类的吧,不过没有枪用这两个名字。"

"真是一大群狗,"我说,"你有没有注意到?从牛头犬队的比赛到马利的'恶魔狗'到走廊里的杜宾狗——"

"什么走廊里的杜宾狗?哪个走廊?"

"算了,那是一支点三二自动手枪?"

"是的,登记证已经找不到了。也许是波洛克的枪,也许是凶手带来的。"

"看上去什么样子?"

"枪吗?我没见过,伯尼。我只是打电话问的,没有到证物室亲眼去看。我以前见过'恶魔狗',因为是自动手枪,所以很厚实,但不太大,可以装五发子弹。我见过的是蓝色的钢做的,不过外表可以随便变变花样,给它镀上镍或在枪柄上镶珍珠,只要你愿意付钱就可以。"

我闭上眼睛,试图回想那支被放在我手中的枪的样子。蓝色的钢,没错。听起来应该就是那一把。

"枪身不大,伯尼。枪管约两英寸长。发射的时候没什么后坐力。"

"除非你需要它。"

"呃?"

"没什么。"我皱起眉头。它看来比较大,如果跟那天锡克人手上的那把小小的镀镍家伙比起来的话。

那倒提醒了我。

"弗朗西斯·洛克兰,"我说,"就是那个在我书店门外受伤的警察,是被哪一种枪射伤的,你查到了吗?"

"你还是坚持你不在现场,嗯?"

"妈的,雷——"

"好了,好了。他不是被马利的'恶魔狗'射伤的,伯尼,因为凶手将那把枪留在了波洛克家的地板上。那是你要问的吗?"

"当然不是。"

"哦,你害我花了一分钟说那件事。洛克兰是被——嗯,很难说他是被哪一种枪射的。"

"没有发现任何碎片吗?"

"没有,子弹已经粉碎了。"

"那还是会发现一些碎片啊。"

他清了清喉咙。"以下我所说的话以后我概不负责,"他说,"虽然就我所听到的,没人这么对我说过,但把各种说法拼凑起来——"

"洛克兰自己射伤了自己。"

"我看起来是这样,伯尼。他是个年轻小伙子,你知道,非常紧张而且……"

"他伤得重不重?"

"他没了根脚趾,不过不是最重要的那根。"

我想到帕克,总是摔断重要的骨头。哪些脚趾才算是重要的呢?

"你对洛克兰知道多少?"

"我向很多人打听了,伯尼。大部分人都说他太年轻,这一点我们都知道了,不过他还是一个上了道的警察。"

"怎么解释?"

"按我的理解,就是可以用钱买的警察。"

"这个案子没什么油水可捞,"我说,"除非他收信用卡。"

"你要求太多了吧,伯尼,这可怜的孩子少了根脚趾哩。"

"是他自己打掉的,雷。"

"那也是脚趾。"

"你刚才说不是最重要的那根。"

"即使如此——"

"既然已经倒霉到家了,他愿不愿让我先欠着呢?如果他真像你说的那么有野心,如果不愿意的话就是疯了。"

"你说得有道理。"

我的道理还不只这一点呢。我有一大堆道理要告诉他，其中有些会引起争论，有些则不会。最后我告诉他放轻松点，而他则叫我保重。

对我们两个人来说，似乎都是好建议。

米罗枪械店的老板有着令人推崇的幽默感。他们登在电话簿上的图画是断臂的维纳斯，腰间挂着枪套。谁能抗拒得了？

我的原则是，对枪械店敬而远之。不过我发现它们其实并不容易被发现，这种店几乎千篇一律地都位于店面的二楼。我想这或许是因为他们并不是特别想吸引那些随便逛逛的客人，和因一时冲动而做成的生意吧。

米罗枪械店也不例外。它位于一幢平凡的红砖楼房的二楼，在格尼街和莫瑟街之间的卡诺街上。它的楼下是家水电材料行，楼上几层则是隔成好几个单元出租。我在楼下的门厅闲晃，读着门铃上的名字，这时有一对年轻夫妇走了出来，他们身上仿佛散发出一股犯罪的味道。那女人在她的护花使者为我开门的时候，颇具感染力地咯咯笑着。

枪械店的门是厚重的木头门，上面依然张贴着那断了臂的配枪维纳斯图样，旁边则是一长串店内出售的杀人工具名单。门上有普通锁外加一把挂锁。

我敲敲门，然后侧耳倾听，确定里面没有人，也没有看门狗的低吼声。很好，只有一片寂静。我随即展开工作。

门锁并不怎么麻烦。挂锁上有密码要破解，看来倒是个有趣的挑战，如果不是在大庭广众之下，又有时间压力，我也许会用砂纸磨光我的指尖，好好地试试手气。不过，现在我却试着用钢锯锯开它，结果并不成功——真他妈的是把好锁，用他妈的好钢做的——我选择了更简单的方式，索性用螺丝刀把锁头给卸下来。每个行业都有它的窍门，如果你活得够久，就会把它们都摸熟。

天哪，这是个多么阴森恐怖的地方啊！我只在里面待了五分钟，不过那五分钟真是漫长的煎熬。这里所有的枪全都紧紧地靠在一起，弥漫着枪油、火药还是什么使枪闻起来是那个味儿的东西的气味。残暴的机械，死亡与毁灭的兵器，杀手的工具。

哦！

我走出来之后再小心地把门锁好。我可不愿意让哪个疯子轻而易举地将一大堆枪械火药劫掠一空。我甚至花时间将挂锁装好，把锁头旋得比我刚才转开它的时候更紧。

枪！

忙，忙，忙。

我在贵宾狗工厂找到了卡洛琳，她正赶着完成客人预约的工作,而且看起来一脸的不情愿。"这真是一个不怎么愉快的行业,"她说,"你一定认为很好赚,对不对?那你就错了。不过,好在亚莫瑞快要举办一个宠物大展了。"

"那表示你会有生意上门?"

"当然。脏狗是得不到彩带的。"

"听起来挺像句俚语的,布林夫妇还好吗?"

"他们还是那样可爱。我把他们的小面包都吃光了。"

"肯定比蛋糕和'恶魔狗'好多了。吉特拿回手镯的时候高兴吗?"

"哦,"她说,"我想是的。"

"你想是的?"

"我们主要是在看照片。"她现在可是越来越有效率了,说着把四张照片摊开放在一张杂色台子上。"吉特以前从来没见过这个人,"她指着其中一张说着,"她十分确定。这一个呢,她觉得她也没有见过,不过她并不十分确定。"

"但是她认得其他两个人?"

她的食指在其中一张照片上盘旋。我注意到她又咬过指甲了。"这个家伙,"她说,"常常在附近出现。她不记得第一次看到他是什么时候,不过是挺久之前了。他或者是跟玛德琳在一起,或者是一个人独自进出公寓。"

"棒极了,我们的另外一位朋友呢?"

"亚瑟认为他有一次看到他们两个人在一起,吉特则觉得他很面熟。"

"我要借用这一张,"我说着拿起一张照片,"回见。"

格里斯汉饭店大厅的情形和鲁德亚德·威尔金在电话上形容的样子已有了改变。卡洛琳走了,拎购物袋的女人也不见了。有一个吸毒的家伙坐在凳子上打盹,不过看起来不像是欧亚混血。也许他是接那个混血儿的班。

威尔金刚才用的电话现在有人使用。一个壮硕的女人正讲着话。由于电话亭容不下这么大的身子,因此她只得站在外面,对着话筒怒吼,告诉某个人她已经还钱了,她不欠任何人一毛钱。那个应该是她的债主的人显然对她的一番话难以苟同。

站在柜台后面的瘦小男子仿佛终年不曾晒过太阳似的苍白。有着小小的蓝眼睛和几乎看不见的薄唇。我给他看从卡洛琳那里拿来的照片。他端视良久,然后又盯着我看了同样长的时间。

"怎样?"

"他在吗?"

"不在。"

"他什么时候离开的?"

"谁会记得?"

"我要留话给他。"

他给了我一本便笺薄。我拿出笔写下"请尽快打电话给我",然后签了鲁德亚德·威尔金的名字。这不是故意要装,而是因为那是除了自己的之外,我唯一能想到的名字。反正我想他在这里一定不会用这个。

我将纸折起来交给柜台服务员。他接过去然后对着我直眨眼睛。我们两个人都一动不动。在我身后的胖女人宣称她没有必要承受那样的出言不逊。

"你该把留言放到他的信箱里吧。"我说。

"等一会儿。"

现在就放,我想。这样我才能看到他住几号房。

"我最好赶紧,"他又说,"要不然我会忘记这封信是给谁的了。你没写上他的名字,对吧?"

"没有。"

"话说回来了,这到底是给谁的呢?"

"你没资格那样叫我,"胖女人坚定地说,"那算什么?我唤狗都不会那样叫。请注意一下你对我的称谓。"

这名服务生有着稀疏的眉毛。我真不知道它们能否胜任上天赋予它们的任务——防止汗水流入眼睛。不过也许没什么关系,因为他可能根本就会避免工作到流汗。不过,他倒有足够的眉毛上扬,他现在就扬起了它们。简直是会说话的眉毛。

我放了二十块钱在柜台上,他给了我去三一一号房的钥匙。十五分钟后,在我离开饭店前,我将钥匙还给了他。

胖女人还在打电话。"什么浑蛋，"她说，"我告诉你谁是浑蛋。你才是浑蛋，如果你问我的意见的话。"

回到庞帝克上，再往市中心开。天哪，真是没完没了。来来回回，到这到那，忙东忙西，南来北往，真是漫长。

拿骚街的停车场依然无人看管。有一个标志上说，在这种情况下把车停在那儿是违法的。不过在此刻我是不太介意这种违法行为的。警告标志上说，违规者将会被拖吊并处以罚款。

我愿意冒这个险。

我找到一个电话，拨了 Worth 4-1114，我想应该没有人接，结果真的没有。

我走向松树街，再往东走到德马雷斯特几小时前跑出来的那幢大楼。（几小时？我仿佛觉得是几星期之久。）现在跟稍早之前比起来只剩一半窗户是亮的了。我真希望手上有公文夹和手提箱，好让我看起来更像是会出现在这里的人。

门口的守卫边看报边打瞌睡，但当我走进大楼时他立刻清醒了过来。他是个有着一张疲惫面孔的老先生，也许是为了补贴不够用的退休金来打工的。我走向他，跨了一步之后停下,假装猛烈地咳嗽起来。咳嗽稍停之后,我看了一下墙上的公司名字,选了一家差不多适合我的公司。

"上帝保佑你。"老人说。

"谢谢。"

"你得注意一下你的咳嗽。"

"是天气的关系。一阵好一阵坏的。"

他颇能理解似的点点头。"以前不是这样的,"他说,"天气向来是靠得住的东西,但现在什么都变了。"

我在出入登记簿上登记。姓名:彼得·约翰逊。公司:威克麦纳利。楼层:十七。至少这回我没有因为缺乏想象力而自称是威尔金了。而且彼得·约翰逊是个很好的假名。如果威克麦纳利公司够大的话,很可能真的有个人会叫彼得·约翰逊,或是约翰·彼得森,或诸如此类的名字。

我搭电梯到十七楼。并不是担心他会去察看电梯灯号是否真的在十七楼,只是何必留下个瑕疵?我连跑带跳地下了三层楼,在走廊间寻找,直到我看到一扇门,上面的磨砂玻璃上标着汤顿贸易公司。里面的办公室漆黑一片,就像我刚才经过的那些办公室一样。我说呢,周末夜是一周当中最寂寞的夜晚了。

这也是最漫长的夜晚,我有那么多地方要去,那么多人要见。我把耳朵贴在玻璃上,轻轻地拍着门的木头部分,仔细听着,然后将一根软钢线伸进锁里。没多久锁就开了，解释这手法的时间恐怕都还比开锁的时间长呢。

办公室的锁多半是那样，为什么不呢？没道理在一个有玻璃窗的门上装一个智慧型防盗锁。你到头来也只会落得一堆需要处理的碎玻璃。

此外，楼下还有人防止像我这样的人带着电脑设备离开呢，这儿还有什么其他东西好偷呢？所以我当然也没找到什么可偷的东西。当我离开汤顿的办公室时——我走到十七楼搭电梯下去——没有带走任何刚才没带进来的东西。

那老人从他的报纸中抬眼看我。"挺快的嘛。"他说。

"像兔子一样。"我附和着，然后在出入登记簿上签字离开。

18

"我想你们一定奇怪我为什么要把你们召集到这儿来。"

唔，还真是很少使用那样的台词呢。现在他们全都在这里，齐聚在巴尼嘉书店。当我从利泽尔先生那儿买下这家书店的时候，曾有过这样的想法，偶尔举办一些类似这样的小型非正式聚会。比如说，周日下午的诗社，大家喝着小杯微甜的雪利酒，托盘上放着大黄瓜三明治让大家传着吃。或是文学咖啡讲座，大家抽着欧洲雪茄，讨论存在主义的真谛。我认为这样能汇聚人气，而且可以让这家店获得一些口耳相传的知名度。更重要的是，这似乎是个认识女人的好方法。

不过今晚的聚会却跟我原来想象的不太一样。没人大声朗诵诗句，也没人提到卡夫卡。这家店的知名度远远超过它应得的程度，而我也不打算认识任何女人。

这里唯一的女士卡洛琳坐在一张高脚凳上，这张凳子是我用来拿高处的书用的。她歪坐在凳子的一边，我的客人则围坐成不怎么规则的半圆形，面朝着柜台。我自己则站在柜台后面，没椅子坐，因为平常放在柜台后面的那张椅子此刻德马雷斯特正坐着。

瞧，我开的是一家书店，不是图书馆，所以哪来那么多椅子呢。兰奇普王子坐了这屋里最好的椅子——从我后面办公室拿出来的一把可旋转的橡木扶手椅。阿特曼·辛的背脊挺得跟麻秆似的，坐在一个竖起来的木箱上。在利泽尔先生用它来装店里的存书之前，它好像是用来装罗马苹果的。鲁德亚德·威尔金坐的是卡洛琳从贵宾狗工厂带过来的折叠椅。

我还没介绍其中任何一个人给其他人认识，他们也没有人展开寒暄，聊聊足球啦，天气啦，或社会案件什么的。他们并非同时到来，不过相差的时间却非常短。而他们也一直出奇的安静，直到我做了"你们一定奇怪我为什么……"的开场白。即使在那个时候，我也只看到几双紧盯着我的锐利眼睛。

"事实上，"我接着说，"你们都心里有数，为什么我会邀请你们来这里。要不是为了讨论那本书和那件谋杀案，各位也不会过来。"

房间里一片寂静。

"我所说的谋杀案是指玛德琳·波洛克案件。她于前天在她位于东六十六街的公寓内被射杀。凶手朝她的前额射了一发子弹，用的是点三二自动手枪。枪是马利公司出产的'恶魔狗'。凶手不仅把枪留在现场，也把昏迷不醒的我留在那里，还把枪塞到了我手上。"

王子皱起眉头陷入深思："你是说你没杀那个女人。"

"没错。我到那儿是去送书的。我本应收到书款，结果却被下药陷害，波洛克小姐对我下药，而我则是被杀她的那个人陷害。不过，"我灿烂地笑着，"书还在我手上。"

他们还是聚精会神地看着我。就在他们沉默地盯着我，像石头般一动不动时，我把手伸到柜台下面，拿出了那本《拯救巴克罗堡》。我随便翻到一页，然后念道：

老爱森堡是狡猾的骗徒
一如他所属的群族
他吃一片甜糕
他喝一杯蜜露
他抹净他的嘴唇和指尖
犹信誓旦旦
如果他们攻打巴克罗堡
他们行将亡覆——不仅他一人，而是全部

我合上书。"最后一句令人毛骨悚然吧，"我说，"拙劣的诗就是你可以明显地看出哪一句是为了硬要和哪一句押韵，而这整本书都是那个样子。不过这本书成为我们大家的目标并非因为它的文学价值。它非常独特,我想你们都知道这一点。独一无二的无价之宝,是吉卜林的著作中唯一一部仅剩一本存世的。而这一本,就在这里。"

我把书放在柜台上。"在我答应去偷这本书的时候,"我接着说,"它是在一位名叫杰西·亚克莱特先生家中的私人图书室里。根据可靠的消息来源,这位先生为这本书跟庞桑比勋爵的继承人私下协调,让后者取消了一场原本安排好的公开拍卖会而买到这本书。"我紧盯着鲁德亚德·威尔金,"也许真有什么庞桑比勋爵,不过杰西·亚克莱特并不是那样得到这本《拯救巴克罗堡》的。"

德马雷斯特问那他是怎么得到的。

"他买来的,"我说,"从那个叫我去把书偷回来的人那儿买来的。最初的交易是由玛德琳·波洛克安排的。"

王子想知道她是怎么介入这件事情的。

"她是亚克莱特的情妇,"我告诉他,"也是我的客户从小就认识的朋友。我的客户告诉她,他有一本人人想要的书。而她则表示她有一个朋友——也可以称之为客户吧——是个热衷于收藏书的人。现在就差让买卖双方碰头了。"

"交易顺利进行了吗?"德马雷斯特显然十分困惑,"那么为什么卖方想把书偷回来呢?只是因为它的身价不菲吗?"

"不,"我说,"因为它没什么身价。"

"那么那是赝品了?"王子说。

"不,它百分之百是真的。"

"那……"

"我也感到很奇怪,"我说,"我试着查看这本书是否有可能是伪造的。当然有可能。首先你必须找人模仿吉卜林的手迹写三千两百行打油诗。然后你得找一台印刷机手工排这些字句,然后还得找到一沓五十年前的纸印刷。也许你也可以用新纸去印,不过——"我拍拍这书,"它不是新纸印的。我每天都拿着它,我知道那是旧纸。它看起来、摸起来、闻起来都不一样。

"不过就算你有纸,就算你有办法把它印出来,装订好,再仔细地做旧,好让它看起来像是保存得很好的样子,你要怎么把它卖出去?也许,如果你找到一个绝对的好买主,你可以得到一个五位数的价钱。不过在那之前你的投资也差不多有那个数了,你的利润在哪儿呢?"

"如果这本书是真的,"王子说,"它怎么会一文不值?"

"它并非真的一文不值。在我把它偷来的第二天,就有人用枪指着我要把它拿走。幸运的是——"我亲切地对阿特曼·辛笑着,"他错拿了另一本书。不过他还给了我五百块钱安抚一下,巧的是,那差不多就是那本书真正的价值。如果卖对了人,整个情境又适合的话,它也许可以卖到一千块左右,不过它绝对不值更高的价钱。"

"嘿，行了，伯尼。"这回是卡洛琳从她的高椅子上跳下来，"我觉得我好像遗漏了什么重点，这件事我大部分都知道一些。不过，如果它应该挺值钱的，又不是假书，为什么却只值五百或一千块钱呢？"

"因为它虽然是真的，"我说，"但却不是唯一的。吉卜林在一九二三年的时候自己印制了这本书，数量并不大。这件事是真的，没错。与事实不符的是，那个最吸引人的部分——他烧掉所有的书，仅留下一本。其实现存的还有好几本呢。"

"有趣的想法。"普雷斯科特·德马雷斯特说。他身上穿的衣服跟卡洛琳给他拍照片的时候一样，不过那时我只看得出来他穿着一件深色西装。现在我看清楚了，那是一件深蓝色、有着淡淡条纹的西装，但在照片里看不出来。现在他在我的椅子上坐直了身子。"所以这本书只是许多同样版本中的一本，"他说，"你怎么知道的，罗登巴尔先生？"

"我怎么发现的？"他想问的其实并不完全是这个意思，不过我却很想回答这个问题，"我星期三晚上从亚克莱特家里偷了一本。星期四我把那本送到玛德琳·波洛克的公寓。我被下了药，当我醒来时书已经不见了。昨晚我又回到波洛克的公寓——"看到他们的眼睛睁得大大的，令我相当满足，"发现《拯救巴克罗堡》躺在衣橱的鞋盒里。

"不过并不是同一本。我原本以为可能是她在让凶手进来之前把书藏在了衣橱里。不过难道他在离开之前不会找书吗？难道他不会用枪指着她，在射杀她之前逼她把书交出来吗？他还费事地在离开前把我的五百块钱掏走了。他或者波洛克都有可能从我的裤子口袋里把钱拿走，如果是她拿的，那么他就是从她那儿把钱拿走的，因为钱不见了。"警察也有可能把钱拿走，我想，不过干吗提出那种可能，把事情弄得更复杂呢？

"我的那一本是用棕色纸整齐地包好，"我接着说，"玛德琳·波洛克可能在把它藏起来之前拆开看过，以确定那本不是再版的《三个士兵》或其他什么不值钱的东西。"我避开阿特曼·辛的目光，"如果是这样，那棕色包装纸到哪儿去了？我醒来时它不在地板上。我承认，在那种情况下我可能没法看得很仔细，不过在我昨晚回到公寓反复搜索的时候，它显然不在那里。凶手不会带走它，而警方更没理由去理它，所以它到哪儿去了？那么现在答案够清楚了吧？它还包在书上。玛德琳遇害的时候手上很可能还拿着那本包得好好的书，然后凶手就那样拿走了。"

"这就是你的推论吗？"鲁德亚德·威尔金说，"小子，看来你仅有的线索全维系在那些不见的东西上面。这岂不是像'不会叫的狗'[①]一样，嗯？不见的五百块钱、不见的棕色包装纸。基础相当薄弱呢，你说是吧？"

[①]出自福尔摩斯探案集中的《银斑驹》，福尔摩斯从狗没有叫这点推断出是熟人作案。

"还有别的。"

"哦?"

我点点头:"不能算是你所谓的证据。完全是主观的判断。星期三晚上我坐着读那本书,把它拿在手上,翻着书页。昨晚我又拿着它读,而那已经不是同一本书了。书上还是签着:献给莱德·哈格德,跟我从亚克莱特那儿偷来的一样,不过却有一些地方变了。我以前认识一个开养鸡场的人,他发誓他认得每一只鸡。那么,我就可以认得每一本书。也许有一本的某几页折了角,或水渍的形状不同什么的——天知道什么地方。它们就是不同的书。一旦我发现了这一点,我就有机会把这整件事搞清楚。"

"怎么说?"

"让我们打个比方,只是假设,某人在汤桥维尔斯的一家印刷厂里弄到四五十打这样的书。"我看着威尔金,"听起来合理吗?"

"那只是你的假设,小子。"

"就算弄到了五十本吧。就是那一版全部的数量,或是除了传说中失踪已久,作者原要送给莱德·哈格德的那一本之外的其他几本。如果那些书全流到市面上会怎样?一本几百块钱吧。他们将成为公认的古董,吉卜林也将再度热门起来,但是这本书就不那么重要,也卖不到好价钱了。这本书的价值在于它是绝无仅有的,而非它的文学成就。不过这些书还是值得把它们从印刷厂拖回来,如果每一本都当作是绝无仅有的那一本来卖呢？如果每一本都仿照吉卜林的笔迹给题上字呢？很难制作一本新书然后让它看起来显得很旧，不过在旧书上模拟前人的题字却不算太难。我确信有好几种方法可以让墨水看起来有五十年的历史，就像那种用羽毛笔沾着写出来的一样。

"我的客户就是这么做的。他自己给其他的书题了字，或者找了专人替他伪造，然后他开始试探市场的反应，联络几个主要的收藏家，也许还声称这本书是赃物，好让买主暗自珍藏不将它公之于世。因为只要有人召开记者会或者将这本书给某大学图书馆看，这游戏就结束了。所有曾经络绎不绝的收藏家都会尖叫着回来讨回他们的钱。"

"他们一点办法也没有，不是吗？"卡洛琳想知道，"如果他从事的是秘密交易，他们也没法真的告他。"

"没错，不过要剥猫的皮可不是只有一种方式。"她做了个鬼脸，而我则对我的用词感到后悔，"无论如何，这个虚胖的市场会一下子泄了气。剩下的书再也卖不到几千块钱一本了，他会有一大箱脱不了手的书。这么高的价格全都因为它是仅存的一本。当它们不再是唯一的，当书上的题字被证明是伪造的，我的客户就得另谋他途继续从事他的非法勾当了。"

"他可以做小偷啊。"王子建议，淡淡地笑着。

我摇摇头："不，那是他很清楚自己做不来的事情之一，因为当他需要小偷的时候，他就来到这家店里雇了一个。他发现亚克莱特打算把他那一本《拯救巴克罗堡》公之于世，这一点毫无疑问是从玛德琳·波洛克那儿听来的。也许不能算真的公开。亚克莱特并非要打电话给《纽约时报》，告诉他们他手上有什么东西。只是亚克莱特除了是名收藏家之外还是个生意人，他想把书卖给比他对《拯救巴克罗堡》更有兴趣的人，而亚克莱特本人对吉卜林、印度、反犹太文学或这本书的任何特色都没有兴趣。"

威尔金问我心中是不是有特定的人选。

"一个外国人，"我说，"因为亚克莱特从事的是国际贸易。一个有钱有势的印度王子。"

王子的下巴僵硬了起来。阿特曼·辛把身体向前倾了几度，准备随时跳起来保卫他主人的安全。

"或是阿拉伯产油国的酋长，"我继续说，"我想到一个叫纳德·阿尔—奎达的人。他住在阿拉伯联合酋长国的其中一个成员国，我忘了是哪一个，他几乎拥有那整个地方。当代人物志中有一段写到他，说他拥有苏伊士运河以东最好的私人图书馆。"

"我知道他，"王子说，"也许是全中东最好的图书馆，虽然在亚历山德拉有一个人对这个说法很不服气。"他礼貌地微笑着，"不过绝不是苏伊士运河以东最好的图书馆。至少在印度有一个图书馆的收藏可以让那位酋长自惭形秽。"

我妈曾告诉我，别跟王子争辩，于是我礼貌地点点头接着说:"亚克莱特有个绝妙的主意,"我告诉他们,"他想要和这位酋长做一笔大生意,搞一个贸易协定什么的。《拯救巴克罗堡》会是个相当完美的礼物。纳德·阿尔—奎达是巴勒斯坦恐怖组织的重要支持者,在石油国的酋长们中间还算小有名气,现在有一个颇具传奇意味的反犹太文学,仅存于世的珍本,它可以让一个伟大的英国作家,成为犹太世界的公敌。

"但问题来了,我的客户早已经卖了一本给酋长。"

我看着威尔金,很难从他的表情中看出些什么。

"我没读过这本当代人物志,"我接着说,"酋长买这本书的时候,卖方告诉他要藏好这书,因为这是偷来的,没有合法的身份。对酋长来说这不打紧,有很多收藏家一旦发现真的非常想要的东西时,他们会不择手段——当然,他们也认为这样可以砍到个好价钱。

"如果亚克莱特把书拿给纳德看,就没得玩了,也没油水可捞了。首先,亚克莱特会知道他被坑了。更重要的是,纳德也会知道——而一个阿拉伯产油国的酋长不必找律师就可以展开各种报复手段。在那里的某些国家,甚至还会把小偷的手砍断呢。想想看如果他们对你心怀仇恨的话会怎么对付你。"

我停下来吸了口气:"我的客户还有另一个理由不让亚克莱特去增加酋长的图书馆馆藏。他正在和纳德谈另外一笔交易,这回是要捞更大一笔。他可不希望亚克莱特坏了好事。"

卡洛琳说:"我不明白,伯尼。他要卖给他什么?"

"《拯救巴克罗堡》。"

"他不是已经卖给他了吗?"

"他原来卖给他的是莱德·哈格德的那一本。现在他要卖的更特别一点。"我拍拍柜台上的书,"他要卖给他的是这一本。"我说。

"等等,"普雷斯科特·德马雷斯特说,"你把我全搞糊涂了,在你面前的这本——不是你从那个叫亚克莱特的家里偷来的吗?"

"不是,那一本我留在玛德琳·波洛克的公寓里,然后被杀她的凶手拿走了。"

"然后在你面前的是另外一本,你在她衣橱里发现的?"

我摇摇头。"恐怕不是,"我哀怨地说,"衣橱鞋盒里发现的那一本是第二本莱德·哈格德版,我的客户怎么能把它卖给酋长呢?他已经干过一次了。不,这是第三本,很奇怪吧,我必须为我刚才撒的谎道歉。刚才我说这是波洛克家的那一本。那么,也许我可以念一下衬纸上的题字,消除你们的困惑。"

我把书打开,清清嗓子。天哪,他们真是全神贯注。

"'献给阿道夫·希特勒先生,'"我念着,"'他对摩西后裔的布尔什维克主义,和希伯来人在国际金融界的势力,这两股潜伏的危机完全了然于胸,这点燃了德意志民族的熊熊火炬,并在上帝的祝福下,终将照亮全球。希望你目前身受的审判,不过是打造救赎之刀的铁砧。献上无限的祝福和敬意,鲁德亚德·吉卜林于贝特曼,波瓦什,苏塞克斯,英国,一九二四年四月一日。'"

我合上书。"这个日期是有意义的,"我说,"在你们各位先生到这儿之前,我正在读约翰·托兰所写的希特勒传。这就是开书店的附带福利之一。根据推断,吉卜林为这本书题字的那一天,正是希特勒因参与慕尼黑啤酒厅起义事件,而被判在兰兹堡监狱服刑五年的那一天。在判决宣布的几个小时之后,他正在牢房里写《我的奋斗》的书名页。而当时鲁德亚德·吉卜林却对这个未来枭雄的处境深感同情,于是在书上题字送给他。在书封面的内页盖了橡皮图章,上面的文字是德文,这似乎显示这本书在一九二四年五月的时候曾被送进过兰兹堡监狱。然后我们看到在内文空白处不时有些注记,应该是出自希特勒之手,还有些地方画了重点,在封底内页和书底的空白页有一些用德文写的句子。"

"希特勒在牢里的时候或许还读着它呢,"鲁德亚德·威尔金陶醉地说,"从中获得灵感。并且琢磨出《我的奋斗》——从那些手迹中可以看得出来。"

"那本书后来怎么了?"

"唔,目前下落不明。或许希特勒将它送给了尤妮蒂·米特福德小姐,最后辗转又回到了英国。但这只是个无趣的题外话。细节也没完全理清。"

"它的价值呢?"

威尔金扬起了他的浓眉:"希特勒私人拥有,且全世界仅存两本中的一本?启发他写《我的奋斗》的书?扉页有给他的题字,内文里又有他亲笔写下的注释和评论?"

"值多少钱?"

"钱,"威尔金说,"钱对纳德·阿尔—奎达这样的人来说算什么?钱流进来就像石油流出去那样快,钱多到都不知道怎么花。五万?十万?二十五万?我才刚要开始吊他的胃口呢。我只不过让这阿拉伯人知道我手上有什么东西。最后的谈判十分微妙,将会是全然的拜占庭式的[①]。我开价多少?他出价多少?在什么时候这笔生意能谈成?"他摊开双手,"真的很难说,小子。约翰逊博士说过一句什么来着?'不做发财梦就发不了财'。既然是发财梦嘛,难免就有些夸大,但可以这么说,这本书的确会卖到个好价钱,非常好的价钱。"

"如果亚克莱特没有毁了这笔生意的话。"

"是的,"威尔金说,"如果亚克莱特没有毁了这笔生意的话。"

"他买他那本付了你多少钱?"

---

① 指类似古拜占庭政治情况般充满阴谋诡计。

"五千美元。"

"酋长呢？他也买了一本有哈格德题字的。"

他点点头："几千块。我不记得确切的数字了，那很重要吗？"

"倒也不是。其他你还卖了几本？"

威尔金叹了口气。"三本，"他说，"一本卖给沃斯堡的一个男人，他以为这本书是牛津一个代理图书馆员偷拿出去抵赌债的。他绝对不会把书公开。另外一本卖给一个退休的农夫，他种马来亚橡胶大赚一笔之后，目前住在西印度群岛。第三本卖给罗德西亚的一个老顽固，他看起来对诗中的政治立场比对它的收藏价值更有兴趣。得州人出的价最高——八千五百美元。我卖书是一本一本地卖呢，你们瞧，但这是相当辛苦的。我又不能登广告。每一笔生意都需要花费甚巨的事前研究和精密的布局。光旅费就得花不少钱，何况还得是讲究的住处，而这些都是成本。但在这场游戏中我并不是胜利者。"

"你最后一本是卖给亚克莱特？"

"是的。"

"你怎么认识玛德琳·波洛克的？"

"我们是老朋友了。不只这一次，我们一起做事很久了。"

"你是指设骗局吗？"

"说做生意不用说得那么沉重吧，不是吗？"

"为什么她衣橱里还有一本?"

"那是她帮我跟亚克莱特牵线的佣金。"他说,"我需要现金。通常我会给她一千块左右,作为安排交易的报酬。不过给她书,她也十分高兴。她希望书可以卖个好价钱。当然,她知道在我从纳德·阿尔—奎达那里大赚一笔之前,不能动那本书。"

"而同时,你得拿回亚克莱特的那一本。"

"是的。"

"所以你出价一万五叫我去帮你拿回来。"

"是的。"

"那一万五从哪儿来呢?"

他回避我的眼光:"你终究会收到钱的,小子。我只是现在没有而已,不过一旦我把书卖了,我出手可就大方了。"

"你可以先告诉我。"

"如果我说了,结果会怎样?"

"不会怎么样,"我说,"我会拒绝你的订金。"

"就是这个原因啊,"他叹道,把双手合起放在肚子上,"就是因为这样。道德总是会扮演某种角色。不过时间一到我就会把该给你的钱付清的,我可以向你保证。"

嗯,这倒像句人话。我和卡洛琳互使了个眼色,然后从柜台后面走出来。"情况变得更复杂了,"我说,"在这些事情正如火如荼地进行着的时候,一名来自印度的男士恰巧在纽约。几个月前他听到传言，吉卜林的遗作最近被一个阿拉伯酋长买走。后来有一个女人跟他联络，告诉他的确有这样一本书，而目前的所有者是一个名叫亚克莱特的人，不过很快就会是她的了。而且如果有好价钱，她还愿意割爱。

"这个女人，当然就是玛德琳·波洛克。她得知王子在纽约，并且还知道他对鲁德亚德·吉卜林以及他的作品很感兴趣。她有一本《拯救巴克罗堡》，是推销一本给亚克莱特的佣金，现在正是她脱手的好机会。她这本书卖王子——多少钱？"

"一万美元。"王子说。

"价钱不错，不过她是跟一个精明而且挺有办法的人做生意。他派人调查并且跟踪她。她来我店里仔细观察我的时候戴了一顶假发来伪装。或许她这么做是为了日后她把掺了迷药的咖啡递给我的时候，我不至于认出她来。也或许是因为她知道自己被人盯上了。不管她心里想的是什么，这么做似乎并没什么效果。王子的人跟踪她到了这家店里，经过一番小小的调查发现，巴尼嘉书店的新老板有闯空门的硕士学位呢。"

我咧嘴笑着："你们大家都懂吗？这件事是环环相扣的。王子不想为巴克罗堡付出一万美元，这并不是因为他舍不得这个钱，而是为了一个非常好的理由。他知道这本书是冒牌货。其中一个原因是，他对纳德的那一本也有耳闻。而你还有另一个理由，对不对？"

"是的。"

"愿意和我们分享吗？"

"我拥有原始的那一本。"他微笑着，带着凯迪拉克汽车广告中车主惯有的那种骄傲，"真正的《拯救巴克罗堡》，有给莱德·哈格德先生题字的真迹，并且在他死后从他家的书房给拿走的那本。这本书经尤妮蒂·米特福德小姐转让之后，应该是由温莎公爵所保有。有另外一本，我必须这么强调，在六年前就到我手中了，早在这位先生——"他向威尔金简短地点了个头，"碰巧发现了某个印刷厂里没被毁掉的剩货之前，如果你非要说那是汤桥维尔斯印刷厂珍藏起来的书也可以。"

"所以你想要那本假书？"

"我要揭露它的假象。我知道那是赝品，不过我不确定它是怎么制造出来的。它是全新制造的吗？还是有人刚好有一份手稿，然后做了一本以假乱真的书？还是像我现在所理解的，书是真的但题字是假的？我想看看那到底是本什么样的书，以推断纳德的那本赝品是什么样的。不过我并不想为这事付一万美元，不然我可就是个大傻瓜了。"

"所以你想越过中间人，于是就派了你的朋友过来，"我对着阿特曼·辛微笑，不过他却没有回以微笑，"在我一拿到书的时候，就把书要过去。你还叫他给我五百块钱。为什么呢？"

"补偿你。那是你劳动的代价,既然书本身不值几个钱。"

"如果你认为那个数就足以弥补我所承受的一切的话,你显然是没干过小偷。你怎么知道书在我手上?"

"波洛克小姐说她那天晚上就可以拿到书,那就显示你已经从书主那儿把它拿来了。"

鲁德亚德·威尔金摇着头。"可怜的玛德琳,"他哀伤地说,"我叫她先别动那本书的。她这么蛮干毁了我一笔大生意,不过我想她就是安分不下来。想大捞一笔然后远走高飞。"他皱眉头,"但是,是谁杀了她?"

"一个有充分动机的人,"我说,"一个被她欺骗的男人。"

"看在老天的分上,"威尔金说,"我不会杀任何人,更不会杀玛德琳。"

"也许不会。但你不是唯一一个被她骗过的男人。她骗过每一个人,你试着回想一下吧。她对我下药偷了我的书,不过我当然没有杀她。她正准备要从王子身上骗钱,而他也许会因为他的特使从我的店里带回去一本不值钱的《三个士兵》而怀恨在心。不过这并不会让他有遭到背叛的感觉,因为他并不指望从那女人身上得到什么。我也一样。我们一开始就没什么理由信任她,那又何来遭背叛的感觉呢?只有一个人是她真正背叛的。"

"那会是谁呢?"

"他。"我说,把一只手指指向普雷斯科特·德马雷斯特。

德马雷斯特看起来不知所措。"这太荒唐了,"他冷静地说,"绝对的荒唐。"

"你为什么这么说?"

"因为我一直在想我干吗要待在这间莫名其妙的屋子里,现在我还被控谋杀一个在今晚之前我连听都没听过的女人,我来这儿是买书的,罗登巴尔先生。我看了报纸广告,打了电话,然后来到这里准备出个好价钱买走某件稀世珍品。到目前为止,我听了个相当精彩,不过却很难懂的故事,什么'书是真的题字却是假的'。还有一个血淋淋的故事,关于背叛、欺骗和谋杀什么的,现在我竟然被控杀人。我不想买你的书了,管他是题字给希特勒,还是哈格德,还是哪个基督在地上的传道者。我也不想再听到刚才那些胡说八道的话了,如果你们不介意的话……"

他开始从椅子上站起来。我举起一只手,并没有浓厚的威胁意味,不过他倒是停住了。我叫他坐下。真是够奇怪的,他竟然真的坐下了。

"你是普雷斯科特·德马雷斯待。"我说。

"我以为我们今晚在这儿不使用名字呢。是的,我叫普雷斯科特·德马雷斯持,不过——"

"错,"我说,"你是杰西·亚克莱特,而且你就是凶手。"

19

"我今天下午盯着你,"我告诉他,"我看到你离开松树街的一间办公大楼。我以前从未见过你,不过我却总觉得你有些面熟。然后我想到了,你跟你的家人长得很像。"

"我不知道你在说些什么。"

"我说的是在你林园山庄中书房里的画像。在椭圆形的画框里,负责保佑台球桌的两位祖先。我不知道你是不是真的就是发明多轴纺纱机那个家伙的后裔,不过我相信墙上那两个怪人就是你的祖先。你长得很像他们,特别是下巴部分。"

我看着威尔金。"你卖过书给他啊,"我说,"你没见过他吗?"

"是玛德琳全权处理的,她是中间人。"

"你难道没跟他讲过电话吗?"

"很短,我无法认出他的声音。"

"你呢?"我问王子,"你今天早上跟亚克莱特通过电话，不是吗？"

"我有可能听过这位先生的声音，不过我不能确定是否就是他。"

"这太荒唐了。"德马雷斯特说——妈的，让我们叫他亚克莱特吧，"光凭我和两张画像长得相像，还有不能确定是不是在电话上听过的声音——"

"你忘了，我看到你离开松树街的一间办公大楼。我打电话到你那儿，你用的是汤顿贸易公司里的电话，而汤顿公司的老板就是杰西·亚克莱特。我想你不至于那么过分要坚持说这一切全是巧合吧。"

他没花太多时间去思考。"好吧，"他说，"我是亚克莱特。没道理再持续之前的猜谜游戏了。我今天稍早时候接到了一个电话，很显然是你称之为王子的这位先生打的。他想知道我那儿是否还有一本巴克罗堡。"

"我看到了广告，"王子插话道，"想确定它是否可靠。因为我既然从店里和从波洛克小姐那里都拿不到书，我想或许书还在亚克莱特先生手上。于是我在回复广告之前打了个电话给亚克莱特。"

"然后他提到了这则广告，"亚克莱特接着说，"我也找到了这则广告，然后立刻打电话给你。我想我可以打听到些什么，查出事情的真相。一本书在午夜时从我屋子里不翼而飞，我想看看是不是能把它弄回来。我也想确定一下它是不是像当初人家告诉我的那样稀有。所以我打电话给你，并且来这里出价买这本书——如果真要拍卖的话。不过这些都不足以使我成为一个杀人犯啊。"

"玛德琳·波洛克是你养的情人。"

"胡说八道。我只见过她两次，也许三次吧。她知道我喜欢收藏珍贵的书，于是偶然地找上我，说要卖给我这本吉卜林的书。"

"她是你的情妇。你在东六十六街的公寓搞过相当变态的性场面。"

"我从没到过那里。"

"有邻居在那儿看到过你，他们认得出你的照片。"

"什么照片？"

我把照片拿出来给他看。"他们已经指认你了，"我说，"他们看到你跟波洛克在一起，以及你独自一人在公寓里。很显然你有一套钥匙，因为有些邻居看到你来来去去，在大厅里进出自如。"

"那是间接证据，不是吗？也许他们刚好看到我去跟她拿书。也许她按了门钮让我进去，而他们却以为他们看到我用钥匙开门进去。记忆是靠不住的，不是吗？"

我略过这个话题。"也许你以为她爱你，"我说，"不管怎样，你觉得自己被背叛了。我曾偷过你的东西，但那并不会让你想杀我。弄得到处都是我的指纹，还把枪放在我手上，对你来说就已足够了。不过你却希望玛德琳死。你曾经那么信任她，而她却欺骗了你。"

"这全是臆测,纯粹是臆测。"

"那枪呢?马利的'恶魔狗',点三二自动手枪。"

"据我了解那把枪并没有登记。"

"你怎么会知道?报纸上并没有登。"

"也许我是听别人说的。"

"我想不是吧。这个信息并没有流出去。不过有时候没有登记的枪可比你想象得容易追踪得多。"

"即使你有办法追到我头上,"他小心地说,"也不能证明任何事情。你有可能是在闯入我家的时候顺便偷了它。"

"不过它并不在你家呀。你把它放在城里汤顿公司你的办公桌左下角的那个抽屉里了。"

"完全是歪曲事实。"

被冤枉的怒火熊熊烧着。我曾在铜木弯道仔细审视过这把蓝钢打造的自动手枪,不过我现在却跟他说那把枪在他的办公室里,那的确不是事实,他气极了。

"当然是真的,"我说,"任何一个人都会把枪和子弹放在同一个地方。而我那该死的直觉告诉我,你有几乎一整盒的点三二子弹在那个抽屉里,还有擦枪布以及一对马利'恶魔狗'的备用弹匣。"

他瞪着我:"你闯进了我的办公室!"

"别开玩笑了。"

"你——是你把那些东西放在那里,故意陷害我。"

"别做垂死的挣扎了,"我继续说道,"你还要说你没有包养玛德琳吗?如果那是真的,你干吗要买猞猁毛皮大衣给她?不难想象她会想要一件吧,那真是很高档的衣服。"卡洛琳除外,"不过你干吗要买给她,如果你们俩只是点头之交的话?"

"我没买。"

"我在你书房拿走那本书的时候还看过你的衣橱,亚克莱特先生。你老婆有几件相当令人印象深刻的皮草。它们的标签都是同一家的。阿尔文·泰尼鲍姆。"

"那能证明什么?"

"波洛克家里的猞猁毛外套也是同一品牌的。"

"我再说一次,那能证明什么?泰尼鲍姆是一流的皮草设计师,很多人都喜欢他的作品。"

"你上个月买了那件外套给玛德琳。在他们的档案里有一笔交易记录,上面有你的名字还有对外套款式的完整描述。"

"那是不可能的。我从来没——我没有——"他停了一下,重新组织他要讲的话,现在他可要小心地选择他的字眼了,"如果我养着这个女人,如果我真的买大衣给她,我应该会付现金啊。所以应该没有什么交易记录才对。"

"你的确是这么以为,不是吗?不过我想他们大概认识你,亚克莱特先生。你一定是个大客户。我也许弄错了,不过我有预感,如果警察去翻泰尼鲍姆的档案,他们一定会找到我刚刚提到的那笔交易记录。他们甚至还会在你汤顿的办公桌里找到那笔账单呢,上面有你的名字而且还注记着你付的是现金。"

"我的天哪,"他说,脸色苍白,"你怎么——"

"当然这都是我的猜测啦。"

"你陷害我。"

"这样说不太好吧,亚克莱特先生。"

他把手放在胸口,仿佛心脏病快发作了似的。"这些全是谎言和似是而非的话,"他说,"这算什么呢?最多是间接证据罢了。"

"有时只要间接证据就够了。你包养着波洛克而且是你的枪杀了她,而你又有着杀她的强烈动机。水门事件又如何?找到了枪口冒着烟的枪吗?他们没抓到你手上拿着冒着烟的枪,是因为你够细心,把枪放到了我手上,不过我想对地方检察官来说,那些已经足够让你的日子不好过了。"

"那时候我真该把你杀了。"他说。他的语气相当恶毒。他的手还抚着胸口,"我应该把你的手指扣着扳机,把枪放到你嘴里,让你自己把你的小脑袋轰掉。"

"那应该会不错,"我同意,"我在偷东西的时候把她杀了,然后畏罪自杀。我小学五年级以后就没做过什么后悔的事儿,但谁会知道呢?为什么你没那么做呢?"

"我不知道。"他看来仿佛陷入了深思,"我……以前从来没杀过人。在我杀了她之后我只想赶快离开那儿。我根本没想过要杀你。我只是把枪放到你手里之后就离开了。"

好极了。全盘招认,在还没有人来得及向他读他的权利,或让他叫律师来之前。现在该是官方出面的时候了。我把脸转向书店后面,雷·基希曼和弗朗西斯·洛克兰应该目睹了刚刚所有的过程,这时亚克莱特刚刚抓着胸口的手偷偷伸进外套里,当手再伸出来的时候,手上多了一支枪。

在把枪掏出的那一瞬间他把椅子往后推,人也轻巧地往后跳,好让我们四个人——我,威尔金,阿特曼·辛和王子——都在他的枪口范围之内。而他的枪直指着我。这把枪比我握过的那把大,比"惠比特"或"恶魔狗"都大得多。而且是把左轮手枪——我注意到。也许吧,如果这也是马利公司的产品,应该是"獒犬"吧,或者是"罗德西亚猎犬"什么的。

"到此为止吧,"他说,向大家挥舞着枪,"谁先动一下我就射谁。你是个聪明人,罗登巴尔先生,不过这回聪明并不会给你带来任何好处。我想这世界并不会怀念一个小偷吧。他们应该优先把你们这种人送进毒气室,令人作呕的社会败类,完全不尊重别人的财产。至于你——"他对着威尔金说,"你骗了我。你付钱给玛德琳让她骗我的钱。你愚弄我,杀了你也不为过,另外两位先生很不幸地出现在这样不巧的场合里。我很抱歉我必须这么做——"

　　杀女人是不对的。但是忽略她们的后果更糟。他完全忘了卡洛琳,当她用铜质的康德胸像砸他脑袋的时候,他的嘴巴还在动着呢。那个胸像是我用来做书挡用的,放在哲学和宗教那一区。

20

星期一上午差一刻钟十二点的时候,我在窗子上挂上"外出午餐"的牌子,把门锁上。我没有拉上铁门,还不到时候呢。我到了卡洛琳星期四光顾过的那家店,买了中东烧饼、一罐鹰嘴豆酱和一些可以沾着它吃的饼干。它们奇形怪状的,让我想起了高中生物课本里的阿米巴原虫。我原打算点咖啡,不过他们有薄荷茶,听起来挺有意思的,于是我叫了两杯外带。柜台的人把所有东西都放在一个袋子里给我。我还是不知道他到底是阿拉伯人还是以色列人,所以我既不说上帝保佑也不说阿拉保佑,只跟他说祝你有个愉快的一天,就这样了。

卡洛琳正勤奋地梳理着一只拉萨犬。"感谢主,"她看到我时这么说,然后把那只毛茸茸的小狗塞回笼子里,"午餐时间到了,喇嘛娃娃。我待会儿再管你,你买了什么,伯尼?"

"中东烧饼。"

"太好了。拉张椅子。"

我拉了把椅子,然后跟她一起吃起来。在嚼着食物的空当,我告诉她一切看起来都相当顺利。弗朗西斯·洛克兰并没有找我或锡克人的麻烦,他接受了王子给的三千美元,作为他先前伤了脚趾头的补偿。这真是慷慨得惊人,尤其是当你知道他是自己把脚趾给崩掉的时候。而我也弄了些卢比放进雷·基希曼的口袋。钱总是往那儿跑。

想不到鲁德亚德·威尔金这个不怎么像真名的名字居然扮演了好几个角色,他被法院裁定为证人并取保候审,保证金用的可是他自己的钱呢。"我敢打赌他一定跑到国外去了,"我跟卡洛琳说,"或者至少是出城了。他昨晚打电话给我,想说服我把希特勒版的《拯救巴克罗堡》还给他。"

"他该不会想把那本书卖给酋长吧?"

"我想他应该知道那会有什么样的后果。比如,被活生生地剥了皮。不过有一大堆稀奇古怪的人会为那种东西付一大笔钱呢,威尔金只是要去找到一个这样的人而已。他也许从未干成他心目中的那件大事,不过到目前为止,他也没错过太多赚钱的机会,而我想他今后也不会错过。"

"你把书给他了吗?"

"才不呢。哦,反正他有一大箱。我只拿了他在格里斯汉饭店房间里的希特勒的那一本。留下几本哈格德版和一些还没处理过的版本,这样的话他如果想再伪造一本希特勒版的也可以，如果他有时间和耐心的话。不过，从他那儿偷来的这本我可是不会出让的。"

"你不会把它卖了？"

我设法让自己看来像深受伤害的样子。"当然不，"我说，"我下班的时候也许是个骗子吧，不过我是个绝对诚实的书商。我不卖假货的。不论如何，这本书是非卖品。它将是我的私人收藏。我不打算常读它，不过我喜欢拥有它的感觉。"

我告诉她，王子正在去摩纳哥的路上，用轮盘赌、扑克牌之类的刺激缓解身心。他告诉我，这次的经验让他兴奋极了。我很高兴他这样想。

至于杰西·亚克莱特，我补充道，则蹲在监狱里。他被乔治关着，比看守女王皇冠还要戒备森严。他们将这王八蛋以一级谋杀罪起诉，这是不能保释的。不论你有多少钱。

"不过他不会以那个罪名服刑的，"我解释道，"老实说，如果这个案子真的开庭审判，我还会感到惊讶呢。证据太过薄弱。也许足够定一个穷人的罪，不过他的钱足以负担一个好律师替他钻出一条生路。他也许会上诉，希望能判个轻一点的罪，譬如一般杀人罪，或者逾时停车。他会被判个一两年，然后——我甚至敢和你赌钱，他可能连一天牢都不用坐，等着瞧吧。"

"但他杀了那女人啊。"

"毫无疑问。"

"这似乎不太公平。"

"很少有事情是公平的,"我充满哲学意味地说,仿佛康德附身了,"至少他并非全然未受惩罚。在我们讲话的这个时候,他就关在牢里呢,而且他已经名誉扫地,在感情上和金钱上也都付出了很大的代价,即使他最后并没有为他所犯的罪服刑。毫无疑问他是很幸运,不过他已不再是你用书挡打他之前,那个自以为是的人了。"

"我只是侥幸打中他。"

"从我所站的地方看来,那真是完美的一击。"

她咧嘴笑着,挖起了一勺鹰嘴豆酱。"也许我只是瞎猫碰到死耗子。"她说。

"你这只瞎猫,"我说,"却扮起神圣的仲裁者来了。其实,很多事情都是不公平的。譬如说,布林夫妇谎报失物骗取保险金也没事儿。我偷他们的公寓也没事儿。警方同意不起诉我,作为我揪出真凶亚克莱特的回报,他们这么做相当高尚啊。不过布林夫妇还拿得到保险公司为失窃东西所做的赔偿,而那些东西我根本就没偷,我倒要听你解释这算什么公平。"

"也许是不太公平,"她说,"不过我还是很高兴。我喜欢吉特和亚瑟。"

"我也是。他们是好人。那倒提醒了我。"

"嗯?"

"昨晚亚瑟·布林打电话给我。"

"真的吗？薄荷茶太棒了，顺便说一下。虽然有点太甜。下次可不可以不要加糖？"

"它本来就没加糖。"

"也许它会伤害我的牙齿、我的身体、我的一切。不过我不在乎，你在乎吗？"

"我没法让它尽如人意。亚瑟想知道一些事情，我得回电话给他。"

"我也有些事情一直想知道，"她说，"我一直想问你一些事情。"

"嗯？"

"关于鲁德亚德·威尔金。"

"关于他的什么？"

"当他跟你约定见面的时候，他是真的被下了药还是只是听起来像而已？"

"只是听起来像而已。"

"为什么？为什么他没在波洛克家出现？"

"嗯，那是她的主意。因为她想随后安排与王子见面，好把那本书卖给他，她当然不希望事情在进行的时候威尔金出现在附近。她对他说的理由却是这样可以让事情有很大的回旋余地，所以我便不会知道他出卖了我。在事后他还可以随时跟我联络，只要声称他也被下了药，所以才没有赴约。当然，亚克莱特在她脑袋上打了个洞之后就全部都白费了。不过那却是为什么在我打电话给他时,他听起来那么心虚的原因——他本来就没打算赴约。"

她仿佛想通了似的点点头。"我懂了,"她说,"这件事情的微妙之处已渐渐浮现了。"

"现在再让我们回到亚瑟·布林——"

"你的皮夹到哪儿去了?"

"亚克莱特拿了它并且把它塞到了某个椅垫下面,警察肯定会找得到的地方。我跟你说过吧?没有吗?那就是警方为什么会怀疑到我头上的原因。"

"在那之后它跑到哪儿去了?"

"哦,"我说,拍拍我的口袋,"我把它拿回来了。他们把它没收了,说要当作法庭上的证物,不过没人说得出这是用来证明哪一项罪名的,然后雷跟某个人说了一声,我就把它拿回来了。"

"那里面的五百块钱呢?"

"它要不是在警察来到之前就已经被人拿走了,要不就是某个警察在那天赚了一笔。反正钱就是不见了。"我耸耸肩,"怎么来的怎么去。"

"那是很健康的态度。"

"没错。谈到亚瑟——"

"有人谈到亚瑟吗?"

"没有,不过我们就要谈到了。亚瑟想知道手镯到底到哪儿去了?"

"该死。"

"他说,当你在那儿给他们看照片的时候他问过你,不过你说你忘了带。"

"真是该死。"

"不过我记得在你下车前问过你,你说它就在你的口袋里啊。"

"是的,"她说,喝了一大口薄荷茶,"我说谎了,伯尼。"

"嗯。"

"不是对你,是对亚瑟和吉特。它就在我口袋里,但是我却告诉他不在。"

"我打赌你一定有个很好的理由。"

"事实上我的理由非常糟糕。我一直在想它要是戴在某人的手腕上会多好看啊。"

"我想这个人应该不会是兰蒂吧。"

"就是你那与生俱来的聪明才智让我爱你,伯尼。"

"我还以为是因为我迷人的微笑呢。她喜欢那手镯吗?"

"喜欢死了。"她咧嘴对我笑着,"我昨晚到她那儿去还拍立得,她根本没注意到相机不见了。我把手镯给她希望和好,而且告诉了她所有的事情——"

"于是你们就和好如初了。"

"嗯,昨晚的确是。不过能否长久我可没把握。告诉你，能伺候好女人的手腕，就能掌握她的心。"

"伺候好哪里都可以。"

"是啊，我告诉她：'你去东区的时候最好不要戴，因为这玩意儿是赃物。'"

"你是那样告诉她的吗？你说出这种话？"

"是啊，这还挺让她兴奋的。我发誓下次即使是我买给她的也要告诉她那是偷来的。"她叹道，"好了，伯尼，布林夫妇该怎么办？"

"我在想一件事。"

"我曾经想要告诉你，但是——"

"我看得出来你很想讨论这件事，你是那么想谈一谈布林夫妇什么的。"

"嗯，我——"

"很酷，"我说，"放轻松，吃你的抹酱吧。"

过了一会儿她说："听着，兰蒂今天晚上有舞蹈课，你下班以后想过来吗？我们可以在家弄着吃或出去吃，然后去看场电影什么的。"

"我很乐意，"我说，"但今晚不行。"

"约会这么多啊？"

"也不算是。"我犹豫了一下，然后想管他呢，"如果我们今晚要喝点什么的话，我只会点巴黎水。"

她坐在那儿皱着眉头,眼睛睁得大大的:"不是唬我吧,你又要出去干坏事了?"

"我不会用那样的字眼,不过,是的,就是那档子事。"

"去哪里?"

"林园山庄。"

"跟上次同一个社区?"

"同一幢房子。我形容给雷·基希曼听的大衣并非无中生有。我星期三晚上在艾尔弗丽达·亚克莱特的衣橱里看到了它。我答应要拿给雷的,我答应警察的事通常会做到。所以我今晚要到那里去拿大衣。"

"艾尔弗丽达不会反对吗?"

"艾尔弗丽达不在家。昨晚她去监狱看她丈夫,然后回家把整件事情想了一遍,于是她开始收拾行李,接着便不知去向。回娘家了吧,也许。或者去棕榈滩的别墅。我猜她不愿被牵扯到这件丑闻里。"

"可以想象。"她抬起头,眼睛仿佛凝视着远方。"他咎由自取,"她说,"这浑蛋杀了他的情妇,而且还不用坐牢。我还记得你是怎么跟我形容这个房子的,伯尼。你说你希望把卡车开到他的前院,从灯架到地毯,全部给他偷个一干二净。"

"我是有这个冲动。"

"你打算那么做吗?"

"不。"

"你只要拿走大衣？"

"嗯……"

"你说那里有珠宝，对不对？也许你可以找到什么东西取代吉特·布林的手镯。"

"我是想过。"

"那里还有钱币收藏。"

"我记得他们收藏的钱币，卡洛琳。"

"我还记得你提到的其他东西。你要去开那辆庞帝克吗？"

"我觉得那样会把我的好运用完。"

"那你要偷辆别的车喽？"

"应该是吧。"

"带我一起去。"

"呃？"

"为什么不呢？"她倾身靠近我，把一只手放在我的手臂上，"到底为什么不行？伯尼，我帮得上忙。我们偷兰蒂的拍立得的时候，我并没有碍事儿，不是吗？"

"我们是借用兰蒂的拍立得。"

"妈的。我们是偷的。然后在用完以后碰巧还了回去而已。如果这样看的话，我在闯空门界算是老手了呢。带我去吗，伯尼。好不好？我会弄副橡胶手套，然后挖个洞让手掌露出来。我可以下班以后不喝酒，我什么都听你的,好不好?"

"天哪,"我说,"你是……你是诚实的好公民,卡洛琳。没有前科,有着值得尊敬的社会地位。"

"我洗狗,伯尼。非常令人厌烦的行业。"

"会有危险。"

"我不怕。"

"而且我一向都是独自行动的,从来没有合伙人。"

"哦,"她脸一沉,"哦,那就算了。我并不是那样想的。也许我会是你的包袱,对不对?没关系,伯尼,我不介意。"

"下班以后不喝酒?"

"滴酒不沾。我可以跟你去吗?"

"你绝对不可以告诉任何人,不可以告诉兰蒂,不可以告诉任何未来的情人。任何人都不可以。"

"我的嘴封起来了。你是认真的吗?我可以跟你去?"

我耸耸肩。"管他呢,"我说,"你前一晚挺机灵的,有你在可能会挺有用。"

The Burglar Who Liked to Quote Kipling
Copyright © 1979 Lawrence Block
First Published in the United States by Random House, New York, New York. This edition is published in agreement with the author, c/o BAROR INTERNATIONAL, INC., Armonk, New York, U.S.A. through Chinese Connection Agency, a Division of the Yao Enterprises, LLC.
Simplified Chinese edition copyright © 2018 New Star Press
All rights reserved.

图书在版编目（CIP）数据

雅贼全集：精装典藏版：全11册/（美）劳伦斯·布洛克著；王凌霄等译．
— 北京：新星出版社，2018.10
ISBN 978−7−5133−3168−5

Ⅰ.①雅… Ⅱ.①劳… ②王… Ⅲ.①推理小说—小说集—美国—现代
Ⅳ.① I712.45

中国版本图书馆 CIP 数据核字（2018）第 155987 号

雅贼全集精装典藏版③

喜欢引用吉卜林的贼

（美）劳伦斯·布洛克 著；徐秋华 译

责任编辑：王　欢
特约编辑：郑　雁
责任校对：刘　义
责任印制：李珊珊
装帧设计：周伟伟

出版发行：新星出版社
出 版 人：马汝军
社　　址：北京市西城区车公庄大街丙3号楼　　100044
网　　址：www.newstarpress.com
电　　话：010−88310888
传　　真：010−65270449
法律顾问：北京市岳成律师事务所

读者服务：010−88310800　　service@newstarpress.com
邮购地址：北京市西城区车公庄大街丙3号楼　　100044

印　　刷：北京盛通印刷股份有限公司
开　　本：889mm×1092mm　　1/32
印　　张：8.375
字　　数：104千字
版　　次：2018年10月第一版　　2018年10月第一次印刷
书　　号：ISBN 978−7−5133−3168−5
定　　价：638.00元（全十一册）

版权专有，侵权必究。如有质量问题，请与印刷厂联系调换。